貧の達人

―東峰夫―

たま出版

貧の達人

東　峰夫

貧の達人　　東　峰夫

迎独庵の日々

○　風呂

もしも鴨長明《かものちょうめい》がこの世に甦ったとしたら、必ずや四畳半一間《ひとま》か、六畳一間のアパートに隠れ住むことであろう。そして諸行無常を唱えつつ『新・方丈記』をものする。これからぼくが描こうとするのも、いわば現代版の方丈記である。

《わびさびや　哀れを忘《わす》る世の中は　人も住処《すみか》もうたかたのごと》

アパートの名前は迎独庵《げいどくあん》。たぶん、家主さんは文学好きな方であったと思われる。

住宅地のなかの、たった一軒だけのアパートである。通りぬける車もないから、しずかな環境だ。文学をする者にとっては、願ってもないところ。

ぼくは気に入っている。

アパートは六畳間に半畳の台所。そして水洗トイレ。家賃は管理費込みで一万九千円。風呂はない。風呂に入りたくなれば、自転車で走っていく。踏み切りをわたり、商店街を通りぬけて、十五分かけてたどりつく。それが億劫《おっくう》でなかなか出かける気にはなれない
ひと月ふた月と延ばし延ばしにして、ついに一センチほども垢《あか》がたまって、ようやく出かけていく。肘や膝は角質化して象の皮。三センチの厚みになっている。一時間ほど湯水につけて、ふやかさなければならない。入浴にも大変な手間暇がかかるのである。

先日のことだが、公園のベンチにすわって、コンビニで買った弁当を食べていると、イヌを連れた小父《おじ》さんが声をかけてきた。

「寒いのに、そんなとこすわってないで。あそこのトイレに入ったらいいよ」

「はい…」と、ぼくは生返事をした。

(何をいってるんだろう?)と思ったからだ。

「そこにいると、凍え死んじまう。トイレは暖かいからよ。あそこに泊まるとよい」

（ははー、ぼくのことを浮浪者と勘違いしてるんだな。この垢汚れでは無理もない）と納得したのであった。小父さんはイヌに引っぱられていったが、ふり返って、つけ加えた。

「気になってしようがないんだ。トイレは暖かいから、あそこがいいよ」

（よけいなお世話だ！）と、いいたいところだが、見ず知らずの者にも、気安く声をかけるという、その善意を思って、ぼくはおだやかな気持ちで答えたのである。

「どうも、ありがとう。大丈夫だから、ご心配なく…」

殺伐とした世間にあって、声をかけ合うというのは、よいことである。

サリン事件以来、世間は冷たくなった。通り魔事件やひったくり事件なども、ひんぴんとおきて、人々の心も冷えこんでしまっている。声をかけあうどころか、顔をそむけあって、不信感もあらわに足早に通りすぎる。

何ともつらいことではあるが、しかし時には、気安く声をかける人にめぐり会うのだ。

吹きすさぶ寒風のなかで、心温まる思いであった。

○ 弁当

部屋の台所にコンロはあるが、一度も使ったことがない。都市ガスも止められたまんまだ。コンロも錆びてしまっている。

「なぜ使わないのか？　自炊はしないのか？」と訊かれたら、こう答えることにしている。

「自炊すると、かえって金がかかる。鍋釜などの台所用品をそろえ、塩コショウなどの調味料をそろえると、かなりの金額だよ。それよりコンビニへ弁当を買いに走ったほうが、早いし安上がりだ」

コンビニで弁当を買って、それを自転車の荷カゴにいれて、公園や川の土手へと走る場合もある。食事時間のキマリはない。そんなのはとっくの昔に忘れてしまった。食べたい時に食べ、寝たい時に寝るのである。

多摩川の土手にきて草の上にすわり、鶏肉の唐揚げ弁当をひろげ、割り箸でつまんで口にいれる。時刻は午後三時、冬の太陽が西空にあって暖かい。

そんな時がぼくの至福の時間である。たった独りだけのピクニック。もの思いにふけりながら、わずかに残っている歯で、モグモグと咀嚼《そしゃく》する。舌でこねくりつつ、百回も噛《か》んで飲みくだす。

けれども心ここにあらず、である。

貧者の心は、はるかなところを彷徨《さまよ》うのである。

南島にいる子供たちのことを思ったり、時には遠いアフリカのことを思ったりする。

いつのことだったか、ラーメン屋に入って、とんこつラーメンを食べていると、テレビでエチオピア難民キャンプのことを報じていた。阿川佐和子さんがレポーターとなって、痩せこけた老人にマイクを向けて、いまにも泣きだしそうな顔で訊いていた。

「どこから来たんですか？」

「モグモグ、モグモグ」

「遠くから、歩いてきたんですか？」

「歩いてきた。モグモグ」

「何を口にいれてるんですか？」

すると老人は、口から小石を出して見せたのだ。

「なんで、そんなのをしゃぶってるんですか？」

「…空腹を忘れるから」

佐和子さんは絶句。あーとぼくは呻いた。

（自分はここでラーメンを食べている、彼はあそこで小石をしゃぶってい

る）

とたんにとんこつラーメンが喉につかえた。スープも喉を通らない。こってり味が憎たらしくさえなった。うつむきこんで、ラーメンの上にポトリと涙をたらす。

そして、ぼくは戸惑いながらも自問する。

（どうしたら、いいんだろう？　戦争も飢餓も貧困も病気もない、そんな世の中になればいいんだが、そのためには、どうしたらいいんだろう？　何か自分にできることはないか？　何かあるはずなんだが…）

唐揚げ弁当を食べながら、多摩川の土手の上から川を見る。

カイツブリがスッと水面から姿を消した。と思って見ていると、違うところからスッと姿を現した。向こうの岸辺には、シロサギが水面を見つめて立っている。

（きみたちは食べているか？）と、ぼくは思念の声でいう。

『空の鳥を見よ。播《ま》くことも刈ることも倉におさめることもしないのに、天の父はそれを養いたまう。あなたたちは鳥よりもはるかに優れたものではないのか?』という、マタイ伝の言葉を思いだした。

(父なる神よ、ぼくは食べています。だけど世界には、飢えている人々がゴマンといるんでしょ? どうしたらいいんですか?)

そんなふうにいつも問いかけるのだ。

○ 幽霊

当初、このアパートには幽霊が棲《す》んでいた。長い間、空き部屋だったらしいから、幽霊が棲みついてもおかしくはない。現に、ここに引っ越してきた者は、一週間と辛抱できずに、出ていくという。これは隣家の奥さんの話によるものだが、深夜に、誰も住んでいないはずのアパートから、毎晩のように物音が聞こえ、タッタッと走るシューズの足音が、いずこへともなく遠ざかっていくという。

「あれは何だったのかしら？　昨夜も聞こえたわよ。ミステリーだわ」

「幽霊でしょう。たぶんコンビニへ、弁当を買いにいったんだわよ」

「幽霊が弁当を食べるの？　でも、そういえば、しばらくして、また足音がしたわね」

「昼間は天井裏だか床下だかに隠れていて、夜の一時、二時になると活動するわけよ」

隣家の奥さん同士で、そう噂しあっていたこともある。

そんなこととは露知らず、ぼくはこのアパートに引っ越してきた。

「ひっそりとして、よい環境だな」と、のんきに思っていたのだ。

文学をする者には夜も昼もない。深夜の一時、二時におきて、ゴソゴソとペンを走らせることだってする。

と、どうだろう。コンコン、コンコンと、階下から音が聞こえてくるではないか。

ぼくは幽霊の存在を信じているから、これはポルターガイスト現象に間違いないと思った。ちっとでも動いたりしたら、すぐにコンコン、コンコンと壁が鳴るのである。

幽霊の活動時間と、ぼくの活動時間が、かちあったのだろうか？　二階の物音が迷惑なのだろうか？　騒ぎの好きなはずの騒霊《ポルターガイスト》が「静かにしろ」と抗議しているのだ。あんまり刺激してはならないと、神経はピリピリと過敏になっていった。

その上、妄想がふくらんで、幽霊はまっ黒な悪魔にもなった。

「いい加減にせんか。ぼくは生きているんだぞ。生きてれば動きもするし、動けば物音がして、あんたに迷惑をかけるかも知れんが、こんな木造モルタル造りのアパートじゃ、どうしようもないだろ、我慢してくれろ」と、思念の声で説得をしたのである。

しかし、悪魔には何の効果もない。叩く音はさらに大きく、しかも激しくなっていった。しまいに、ぼくは縮みあがって、悲痛な声で嘆願するようになった。

「頼むからー、ぼくを責めないでくれ。生きてれば動くし、動けば物音がするし、だからどうしようもないんだよー。お金があれば、すぐにも引っ越したいんだけど、お金はないからね。お互い我慢が大事だと思うよ」

そんなこんなで二週間がすぎた。と、階下の部屋に新しい人が入居してきたのである。幽霊よりは人間の方が、まだましなので、ぼくは勇気づけられた。二対一で闘うなら、悪魔にだって負けやしないだろう。さっそく青い顔で階下におりていって、入居者に話しかけた。彼はテレビのアンテナを立てておえて、ケーブルをつないでいた。

「こんにちは。ぼくは二階の一号室に住んでいる東です。よろしく」

「や、こんにちは。大竹です。あんたが東さん？　作家の？」

「そうです」

「作家というから、どんな人かと思っていたら、普通の人だね」

「普通の人ですよ。作家じゃ食えないから、この前までガードマンやってた」

「おー、おれもガードマンやってるよ」

「あ、そう。ところで隣の部屋には、妙なものが棲みついてるようなんだけど」

「妙なもの？　何だよ、妙なものって」

「幽霊のような」

「幽霊、じゃないだろう。閉じこもりの青年だってよ。不動産屋の関口さんは、何もいわなかったんか？」

「えー、閉じこもりの青年？　何も教えてくれなかった」

「雨戸を閉めきって、部屋を真っ暗にして隠れているんだってよ。電灯も水道も使わず、真夜中に弁当を買いに走っていくだけで…」

「そうか。ポルターガイストかと思っていたら、なーんだ。青年か」

「ポスターガイドって？」

「いや、もういいんだ。そうだったんか」

事情を知って、すっかり安心した。

だが、壁叩きの抗議は、その後もずっとつづいたのである。しつこい閉じこもりだと思った。で、それがはじまると、こっちも負けてはいられない。ドンドンと床を踏みならして、抗議への抗議とした。向こうもドンドンと叩き、こっちもドンドンと踏む。昼夜のべつなくコンコンコンコン、ドンドンドンドンと騒音があがって、アパートは鳴動した。とうとう騒霊で評判の建物みたいになった。

神経はすりへって、文学どころではない。哲学も神学もダメ。聖書を読んでも、気持ちは鎮まらない。父神に祈っても応答なし。閉じこもりの図太さには根負けしてしまう。

で、考えなおして、心理学の本を買ってきて、階下の青年に進呈することにした。

本のタイトルは『引きこもり症候群からの立ち直り方』。

本をビニール袋に入れて、ドアのノブに吊りさげておいた。しかし翌日には、それはぼくの部屋のノブに吊りさげられていた。きっぱりと拒絶されたのだ。

で、また、妄想がふくらんでいった。悪魔というやつは、ちっとやそっとのことじゃ消えてくれない。いったんは安心したが、すぐに不安がむらがりおこった。

(閉じこもりだって? いくら何でも、あんまりじゃないか。閉じこもりと偽って、じつはオウムの逃亡犯が隠れひそんでるんじゃないのか?)

(警視庁長官を狙撃した平田信…。身長一八五センチの屈強な大男が…。四十五口径のリボルバー拳銃をもって、逃亡中というからな。階下の部屋に隠れていても、なんら不思議はないだろう)

(誰か支援者の名前で、アパートを借りたに違いない。きっとそうだ。そしてほとぼりが冷めるのを待っているのかも知れんぞ。やつには用心しな

くっちゃ。怒ってぶちキレたら、拳銃をぶっぱなすことだってやりかねん。なにしろ長官を撃ったヤロウだから）

妄想がふくらんで、平田信の影に怯《おび》えた。拳銃をもって二階へかけあがり、ズドーンと一発。で、一巻のおわり。ぼくの人生はおしまい。たいして幸福でもない人生ではあったが…確《し》かと覚悟は、決めておくべきであろうか。

ついに運命の日がきた。青年が階段をあがってくる。悪魔が決戦を挑んできたのだ。

トントンとドアを叩くので、ワナワナと震えながら開けた。と、なんと、そこに立っているのは、平田信とは似ても似つかない、ぽっちゃりしたお坊ちゃんであった。

「あの、足音がうるさいんですが」と、お坊ちゃんはニコニコ顔でいう。

チラッと見ただけで、腕力はないと判断した。ぼくにはかつて土方で鍛えた腕力がある。いかに年をとったとはいえ、まだまだ若造には負けない。

「なんだとッ？」と、急に居丈高《いたけだか》になって、ぼくは怒鳴った。

こんなお坊ちゃんに、死ぬほど怯えさせられていたのかと思うと、「怒り心頭に発する」である。自分の妄想に怒ることはせず、相手にむけて怒りをバクハツさせたのだ。

「生きてれば動くし、動けば足音もする。幽霊ならいざ知らず、生身の人間が物音をたてるのは、当たり前のことじゃないか！ それを何だ。一日中コンコン、ドンドンと壁を叩きやがって。こっちはすっかり神経にきているんだぞ。神経衰弱で夜も眠れんのだ。もう我慢できん。ぶっ叩いてやるう！」

腕を振りあげたら、お坊ちゃんの方がすばやかった。パッとよけて逃げていく。

それ以来、コンコン、ドンドンは聞かれんようになった。昼夜を問わずに、文学に専念できた。それから半年後に、閉じこもりの青年は引っ越していったが、ぼくはわるいことをしたのであろうか。

○本

夢テレビ（ぼくは夢のことを勝手にそう呼んでいる）は好きだが、本はもっと好きだ。高校を中退する前から好きだった。本を読みすぎて、中退したといってもいいくらいだ。その時から「市販本を教科書がわりに、自分で勉学しよう」と決めていた。で、教科書にも高校にも見切りをつけたわけだ。

だが、本なら何でもよいということではない。ぜったいによい本でなければならない。

どうやってよい本と、そうでない本を見分けるのか？　というと、それはもう、自分が求めているものと一致するか、どうかである。求めているものとは、どんな?

「戦争も飢餓も貧困も病気もない世界をつくるには、どうしたらよいか?」ということである。それが勉学の目的であり、テーマであった。だから、テーマに一致するかどうかで、本のよしあしは決まった。まったく自己流の基準である。

それ以外の本には目もくれない。いや、目をくれてはならなかった。何度も経験して、わかったことだが、そんなことをしたら、混乱して心が二分する。ツキもなくしてしまう。ツキがなくなると恩寵もない。恩寵がないと不幸を感じる。で、あーと気づいて本を投げすてる。あるいは目につかないところにつっこんでおく。すべては直観である。そう、カンで決めるのだ。

よい本はじっくりと読む。すると思考は刺激をうけて誘発される。読んでは書き、書いては読む。それがよい本なのである。一週間、二週間と時間をかけて、読むこともする。

読むと、もの思いに誘いこむ本もよい本だ。途中で、読むのをやめて、想念にふける。息をひそめてもの思いし、それからまた、おもむろに読むのである。そしていう。

「この本はいいよ。いいのにめぐり合った。うん、とてもいい」

ぼくの部屋にテレビはない。新聞もない。本だけである。スチール製の本棚三つ分の本だ。本棚に収まらない本は、ベッドの下に押しこんでいる。そのうち、床がぬけおちるのでは、と心配している。

○ テレビ

ぼくの部屋は南向きの角部屋だ。晴れた日には、窓から陽光が射しこむ。冬は暖かく、夏はウンザリするほど暑い。そんな夏の日に、パソコンに向かっていると、突然、液晶モニターの画面がフニャリとなってしまった。あっと思ったが遅かった。テレビが映るパソコンの画面を、夢中になって見ていたのだ。

「テレビを見るのは厳禁といったろうに、お前はバカか?」と、声にだして自分を叱った。

「ほらみろ、壊れちまったじゃないか! せっかく大枚をはたいて買ったのに、また、買わんといかんのか?」と、自分で自分を責め立てた。

一人暮らしをしていると、話す相手がいないから、一人二役で、丁々発止でやり合うこともするのである。

「ンなことといったって、夏の日は暑いんだから。パソコンだってまいるだろうさ。水で冷やせば直るかも…」

ぼくは水道の蛇口の下に頭をつっこんで、スイカを冷やすみたいに頭を冷やした。

それからメリヤス・シャツを脱いで水にぬらし、しずくがポタポタと垂れるのも構わず、そのまま着た。天然のクーラーである。それは南島に生い立った者の習慣でもあった。

手拭いをぬらしてしぼり、パソコンの画面を拭いて、冷やしてみたが、直らなかった。

「あー、またパソコン屋へ走っていかねばならんのか?」

「中古だからね、すぐに壊れる、ことだってあるはずさ」

そして、ぼくの部屋からテレビつきパソコンが消えた。

十何年も前から、テレビ所有を禁じてきたのに、たまたまテレビが見られるパソコンが売られていたので、買ったままでのことだ。パソコンが壊れてしまってヤレヤレと思った。そして、もう二度と、そんなのは買わないと、決心したのだった。

○ 落ち葉

アパートの庭には、一本のケヤキの木がある。まだ若い木ではあるが、夏には涼しい木陰をつくった。こんもりとした葉は、目かくしにもなった。野鳩が巣くって、忙しく子育てをしたこともあった。そして秋には、たくさんの落ち葉があった。フェンスで囲った庭の枯れ草の上に、落ち葉はつもった。風情があってよいと思った。老人が蟄居《ちっきょ》する古びた草庵、といった感じなのだ。

(あれはブタ草だろうか？　枯れ草も落ち葉も、いいもんだなー。わびしい暮らしに、ピッタシじゃないか)

草をひき抜くとか、落ち葉を掃くとか、そんなことはいっさいしなかった。風情のあるよい光景と思っているのだから、掃除など念頭にない。落ち葉は道路にも散った。その上を車が走って、ゴミとなった。だが、掃除しようという気はおこらなかった。わびしい風情をぶち壊したくなかったのだ。

ところが前の家のお爺さんは、夜明け早々に、道路を竹箒《ぼうき》で掃いていたようで、気がつくと、きれいになっている。秋風に舞い散った落ち葉は、一枚も残っていない。

（あいや、落ち葉がない。さては、わびさびの風情をきらったんか？）

（せっかくさー、一人暮らしのさびしさを、それとなく演出してあったというのに、人の気持ちというのは、わからんもんだな）

近所の家に雑草を生やした庭はない。芽のうちに摘みとってしまうようである。草ぼうぼうなのは、このアパートだけ。で、迷惑なのであろうと解して、落ち葉が舞い散った日には、道路を掃除することにした。頑固な老人ではないことを示すためにも、テキパキと掃いてみせた。早朝に掃除することもあれば、夜更けに掃除することもあった。

そして痛ましい事件がおきたのだ。

その日、ぼくは朝の道掃除をして、それから散歩に出かけていった。自転車で多摩川までいって、秋風に吹かれながら思索にふけって、夕方、もどってきたのである。

と、アパートの庭は、きれいになっていた。枯れた草が削りとられて、土がむき出しになっていた。植木屋さんがやってきて、掃除していったのだろう。ケヤキの木は？　と見あげて、あーと叫んでしまった。何と、あんなに伸び広がっていた枝が、切りとられていたのだ。それはすぐに、刈りこまれ削りとられる、自分の作品のことを想い出させた。

（あいや、丸坊主じゃないか。そんなに枝を切ったら、枯れちまう）

前の家の奥さんか誰かが、家主に電話を入れたに違いない。それで家主は、植木屋に草取りと掃除を頼んだのだろう。

（あー、痛々しいことだ。何で枝を切ったんだろう。ひどいじゃないか。

もう死んじまうかも。もし、ぼくが部屋にいたんなら、ぜったいに切らせなかったのに…）

ぼくの田舎に植木屋はいない。花屋や庭木販売の店はありはするが、ハサミで庭木を刈りこんで、丸くしたり筒にしたりするような、そんな植木屋はいない。庭木の形を整えるつもりで、刈りこんでいるのであろうが、それは悪趣味というものである。

田舎の樹木は自然のまま、のびのびと枝葉を広げていく。しかし都会の樹木は刈りこまれて、チンマリとした形に造られている。美観の相違だといわれれば、それまでのことかも知れないが、都会の樹木のいびつさが気になって、いつも疑問に思っていたのだ。

街路樹にしてからが、そうなのである。高い脚立《きゃたつ》にのぼって、枝を切っている植木屋を見るたびに、思ったものだ。

（何で枝を切るんだろう？　四方八方に伸ばして、大きく茂らせたらいいのに…。電線に邪魔だというのか？　そんなら電線の方を何とかしたらいい。地下に埋設するとかしたら、いいんじゃないの？）

それは田舎の人間と都会の人間との違いにも、重なって見えたりするのである。

（何でのびのびと伸ばしてやらないのか？　何で切ったり刈りこんだりする？　丸形にしたり、筒形にしたり、いびつで不自然な形に造っているが、それが美だとでも思っているのか？）

世の中はさびしく、そしてあわれなものである。

○　立ち退き

このアパートに住んで、はや六年になる。でも、いつ立ち退きを命じられるかわからないので、つねに覚悟はしている。

前のアパート、国立市西三丁目の「清水荘」では、七年目に大家から立ち退きを命じられた。住人は全員、不動産屋さんの店に呼び出され、弁護士の前でこういい渡された。

「土地を売却することになった。立ち退き料を払うから、出ていってほしいんだ」

住みなれた四畳半のアパートであったが、家主の命令であれば致し方ない。

「二十万で、どうだ」というから、目がくらんだ。

「はい」と即答して、誓約書にサインした。バイトのガードマンの給料より多かったのだ。

だが、住人のなかには、したたか者がいて、みっちりとゴネたようだ。百万円にしてもらって、ホクホク顔で出ていったという。ゴネトクである。ぼくには思いもよらないことだった。

前の前のアパート、国立市青柳の「森荘」では、住んで五年目に立ち退きとなった。

というより、管理人が立ち退き工作をしたのだ。その経緯《いきさつ》は次のようなものである。

「このアパートは、もうじきとり壊されて、マンションが建つというよ」

そんな話がでて、ぼくはソワソワした。いつ立ち退き命令がくだるのかと、待っていたのだ。しかし、いっこうに命令はこなかった。アパートの住人は、次々と引っ越していった。残っているのは、ぼくとパチンコ屋の店員だけ。

そうするうちに、隣室に乱暴なダンプの運転手が入居してきた。無線交信が趣味らしく、すぐに無線ラジオのアンテナをおっ立てた。釣り竿のようなアンテナを何本も立てた。そして仕事からもどってくると、ピーピーガーガーと受信機を鳴らして、割りこみ交信をはじめるのだ。

「ピーピー…ロージャー、こちらダンプ屋のクマだ。ガーガー…おいッ、聞こえるか? 聞こえるんなら、応答しろ…ガーガー、このやろう、応答しろッちゅうに、てめえら聞こえんのか！　ロージャーロージャー…」

大音量で、夜中までやるのである。それにドスの利いたガラガラ声。

「ピーピー…ばかやろう。応答しろよ。ガーガー…こちらダンプ屋のクマ…ロージャーロージャー、応答しろッちゅうに、てめえら、ぶっ殺すぞ…ガーガー」

どこの誰が、そんな乱暴者に応答するだろう？

哲学的思考は不可能となった。そればかりか睡眠瞑想もできなくなった。眠れる予言者エドガー・ケイシーにならって、ずっと睡眠瞑想をやっていたというのに、大音量とガラガラ声によって、すっかり妨害されてしまったのだ。

（立ち退かせるための、嫌がらせだろうか？）と、ぼんやり者のぼくも気がついた。

（そんなことなら、命令してくれたらいいのに…。わざわざガラのわるい、ダンプの運ちゃんを入れなくっても…ブツブツ、ブツブツ）

それで、家賃をもっていった時に、引っ越したい旨をそれとなく告げたのだった。

管理人さんは喜んで、その場で家賃をチャラにした上、立ち退き料の十万を払ってくれた。もちろん、立ち退き承諾書にサインさせられたのはいうまでもない。

前の前の前のアパート「福寿荘」では……いや、キリがないので、やめておく。

とにかくアパートの住人は、諸行無常をさとって、覚悟していなければならない。いつ追い立てを喰らうか、わかったものではないからだ。

ながいことアパート暮らしをしていると、「家に帰る」という言葉も、色褪《あ》せたものとなってしまう。自転車で公園のそばを走っていたら、遊んでいた子供たちが、こう呼びかわしていたのだ。

「もう五時だから、家に帰ろうよ」

「もうちょっとだけ」

「ママに叱られるよ。家に帰ろう」

(家に帰る、家に帰る) とつぶやいて、シンとした気持ちになった。

ぼくには帰るべき家がない。アパートの部屋に帰っても、迎えてくれる人はいない。わびしい暮らしなのだ。いや、わびしいとか、さみしいとかいう、そんな気持ちさえ失ってしまった。

子供たちには親が待っている。温かい食事と風呂とベッドが待っている。家に帰るとは、それらに迎え入れられることでもある。かつてはぼくにも、それがあった。だが、いつの間にか、それはなくなった。と同時に、家に帰るという言葉も使われなくなって、色褪せてしまった。

いつか父や兄がいる、あの原郷の家に帰ることは、できるのだろうか。温かく迎え入れてくれる家は、あるのだろうか。

○ 散策

毎日の散策は欠かせない。ここでいう散策とは、思索のことでもある。昼であろうと夜であろうと、その時刻は問わない。そうしたいと思う時が、その時である。

隣家のポチは夕方五時になると、サンポサンポとせがむ。イヌながらきちんと時間を守っているようだ。が、ぼくはポチとは違う。

万歩計を腰に装着してテクテクと歩く。運動のために、ではない。歩行の速度に合わせて思索するためだ。思索者は太古から、そのようにしてきたであろうと思われる。

「昨日は西へいったから、今日は東へ向かうとするか」と、独り言をいう。

深夜三時。草木も眠るウシミツ時だ。人も車も消えている。戸倉通りをまっすぐ行って、西武多摩湖線の踏み切りをわたる。その間にもさまざまな思索思念、雑感雑念があったことは、いうまでもない。

睡眠瞑想をしていると、雑多な幻影が押しよせてきて、妄想となるものだが、それは雑念と同一である。それに煩わされたくなければ、払いのけてよい。思索においても雑なるものは、強い意志で祓《はら》ってよいのである。いや、夜闇のなか、有象無象《うぞうむぞう》の霊気が引きおこした雑念は、押しのけて祓うべきである。もしもそうしなかったら、すべてが雑のまま、思索はおわってしまうからだ。

有象無象？　の霊気が引きおこした？　雑感雑念？

そう。それがそうであることを人は気づかない。ちっとも気づいていない。大気が意識と相似であることをまったく知らない。

大気とは意識、意識とは意思気《いしき》でもある。集合的他者の意思気の動きが、大気の動きとなって、自分の意識にふれる。と、思念や思考が生まれ、雑感や雑念が生じるのだ。だが、人間はそれに気づいていない。自分の大脳から生まれると思っている。

自分の思念は、自分が産みだしたものと思いこんでいる。いや、確かに自分の思念は、自分のものだが、自分のものではないのだ。自分のものであって、自分のものではないということを、どう説明したらよいであろうか。

たとえば息を吸い、息を吐くとしよう。それは意気を吸い、意気を吐くのと同義である。

意気を吸いこんだからといって、その意気は自分のものか？　そうではないだろう。吸いこんだ意気は、自分のものであって、自分のものではないのだ。というよりも、意気は大気と同じだから、全体のものではなかろうか。人はみな、全体意識のなか、意思の気を分けあって呼吸し、息をしているのだと思う。

植木屋の植樹園のそばを歩いていると、その意識大気が動いて風となり、雑木の葉を揺らして、ザワザワと鳴らした。

風とは大気の動きで、木の葉とは言の葉のこと。そのように集合的他者の意思気から、無意識的に刺激をうけて、言葉はつき動かされ、思考や想念がむらがりおこるのである。しかしながら、哀しいかな、それらの思考や想念は、有象無象の雑念にすぎない。祓うべき雑念なのだ。

そこでぼくは、それらのものにいう。

「あんたらに告げる。もうじき天照る太陽神があらわれる。その時は間近にせまっている。東の空をみよ。朝の暁光《ぎょうこう》、黎明《れいめい》の時は、すぐそこではないか。やがて真理の光がすべてを照らすだろう。その時、あんたらは耐えられるか？　真理の光だけではない。熱愛エネルギーだって、いや増しに注がれる。その時、それに共鳴共感できるだろうか。それができれば、同調によって元気になれるだろう。できなければ、儚《はかな》い影となって消え去るだけ。だから、どうか、それに同調してくれ…」

すると風は動揺して、ひとしきり騒ぎ立った。樹木の葉をザワザワと揺らし、電線をヒューヒューとうならせた。その音声は非難のように聞こえたが、賛同のようにも聞こえた。

賛同するものは有象となり、非難するものは無象となるのである。どっちを選ぶかは、各々の自由意思による選択。それは予想できないことだから、ぼくには何もいうことがない。

「もうじき太陽神が顕在するようになる。あんたらはそれを見るだろう。詭弁によって人をあざむく者は狡猾な竜。その正体が露呈するだろう。国際貢献と称して、戦場におもむく者は闘争の獣《けだもの》。その体質はそのまま露《あら》わとなるだろう。それが資本主義の竜と、その傭兵の獣である。いずれも虚偽なる存在。光が闇を払うように、真理は虚偽を祓いのける。そして雲散霧消するだろう。光を喜ぶ者は歓声をあげて、抱きあい、励ましあい、慰めあう。太陽神は親神となって、生き残った人々の目から涙を拭いたまう。もはや死はなく、哀しみも、叫びも、痛みもない。もはや戦争はなく、飢餓も、貧困も、病気もない。先のものが過ぎ去っていくからだ」

そのように、ぼくは夜明け前の闇の意思気に語りかけた。だが、聞く耳をもつ者はいるのだろうか？　ぼくにはわからない。ただ、聞く耳をもつ者は聞き、聞く耳をもたない者は聞かないでよい。そう思った。

じつをいうと、ぼくが語りかけたそれらの言葉も、どこか知らない遠いところからやってきた、他者の意思気、その思念であって、ぼくの思念ではないのだ。

窪東公園にたどりつき、ベンチに腰かけて、朝の暁光を待った。

ぼくがすわっているベンチは、最近まで浮浪者が寝床にしていたものだが、彼はいなくなってしまった。どこへいったのだろうと、思いを馳《は》せはするが、あまり気にしないことにしている。いちいち気にしていたら、身がもたないからだ。

○ 俗人

文学者に昼夜の区別なしとは、前に書いた通りである。

昨夜も朝まで、神話創作の困難さを思い、あれこれと悩んで、鬱屈《うっくつ》した気持ちになり、疲れきって眠ってしまった。眠りについたのが朝の八時。睡眠瞑想と称して、たっぷりと十時間は眠るつもりであった。それが生活のリズムなのだ。

ところが今朝、そのリズムが、あっさりときり崩《くず》されてしまったのである。

「まだ、寝てる？　おれ、大竹です」と、ドアを叩かれて起きた。

「はい？」と返事はしたが、（大竹って誰だっけ）と思った。寝惚《ぼ》けていたのだ。

時計を見ると朝の九時。ぼくにとっては真夜中である。

(何だろ、こんな時間に)と、ドアを開けた。そこには階下の住人が立っていた。

「おれんとこのトイレ、また、つまっちゃってよ」と大竹はいう。

「トイレがつまった?」と問い返す。ぼくには興味もない人の、興味もないことがらだ。

「ふんづまりで、臭くてしようがない。だから二回、水を流すことにしてるんだが、そっちも二回、流してくれんか。面倒だけどよ」という。

「あー、また、ティッシュ・ペーパーを使ったんだろう。あれは水に溶けないからね」

「ティッシュは溶けないのか?」

「溶けないから、トイレがつまると、この前もいったろうに」

「そうだったか」

彼は手にもっているビニール袋を開けて、何かをとりだした。

「これ、米ぬかだけどよ、便秘にとても効くんだ。食べてみるか?」

「食べられる?　馬の餌じゃないの?」

ぼくは怒りそうになった。気持ちを鎮めるためには、無関心になる以外になかった。

「米の果皮だからよ、食べられる。たまってた宿便が、一発でドバーッと出てくるんだ」

睡眠瞑想中にたたきおこされて、ふんづまりだの宿便だのと、そんな汚《きたな》らしい話は聞きたくもなかった。神話物語を書いているぼくに、悪魔が嫌がらせをして、その弟子を使いによこしたに違いない。それとも何か?

これは何かのもの知らせであろうか?

「便秘してないから、いらない」と、ぼくは憂鬱な気分になっていった。

「ひと袋、百八十円だ。お金はあとでもいいよ」

「いや、いらない。リンゴジュースを飲んでいるから、便秘はなしなんだ」

ようやく大竹は階下へおりていったが、俗悪なものに心を汚されたような気がして、ぼくはもう眠れない。まだ朝の十時だというのに、散歩に出ることにした。

（言葉がつまってしまって、書けるかなと心配しているところへ、ふんづまりだの何だのと、ったく縁起でもないよッ）と歩きながら、ぶつくさいった。

外は柔らかな陽光にみちて春先のよい日和《ひより》だ。知らず知らずのうちに足はコンビニへと向かっていた。

（あ、そうだ。気分なおしに、ケーキを食べよう。チーズケーキにしようか？　それとも…）と、いつものコンビニに入っていった。

週刊誌の棚の前に、ちょっとだけ足をとめる。

（いやいや、世俗の臭気はなしだ。どんづまりの世間など知りたくもない）と、ケーキの棚へと移っていった。

（あ、久しぶりに新聞を買って読むか？　いやいや、政治経済のドロドロ

もダメだ。あの悪臭に慣れっこになったら、鼻がバカになっちまう）
チーズケーキとリンゴジュースを買って、近くの児童公園をめざしていった。
ベンチにすわって、のんびりとケーキを食べ、ジュースを飲んだ。それからタバコを一服。気分はすっかり直っていた。

○言霊

作品が書ける状態と、書けない状態がある。

書ける状態とは、想念がむらがりおこり、それが言葉となってほとばしり出てくる時だ。一種の興奮状態にあって、想念も言葉もとめどない。

書けない状態とは、想念がまったく湧いてこなくて、頭は空白状態にある時だ。無理に想像力を働かせても、ちりぢりの想像しか湧いてこない。それを言葉にして書きつけると、支離滅裂になっていて、自分でもびっくりしてしまう。もちろんそのような文章は切ってすてる。悪い霊の仕業《しわざ》として切りすてることになる。

そんなふうに、書ける時と、書けない時があるのだ。なぜ、そんな状態があるのだろう。考えてみると、それは善い言霊《ことだま》がついている時と、ついていない時の相違である。霊の存在など信じない人には、そのような心境はわからないであろうが、文学する者は経験によってわかっている。恐らく役者や詩人などもわかっていることであろう。

○ 集団就職

はじめて東京にやってきたのは、一九六四年四月だった。オリンピックがあった年だ。ぼくは二十六歳になっていた。中学生や高校生たちと一緒に、集団就職の船でやってきたのだった。白雲丸で二泊三日の旅。就職先はアスベスト会社。寮に寝泊まりして、建築中のホテル・オークラに通った。アスベスト（海綿）とセメントと水を混ぜて、天井の鉄骨に吹き付けるのが仕事だった。ものすごいホコリだった。

アスベストが発ガン物質であることなど、知るよしもなかった。建設省やゼネコン会社は、何の疑いも持っていなかった。新建材として盛んに使っていた。あまりにホコリがひどいので、ぼくはそこを三カ月でやめた。

後になって、アスベストが発ガン物質であるということで、除去作業をすることになったが、誰も責任をとらない。世の中というのは、一事が万事そういうものなのだ。ぼくは幸いなことに、肺ガンになることもなく、六十六歳の現在も、まだ生きている。

さて、東京に出てきたのは、文学修行のためであった。とにかく書きたいことがたくさんあった。ぼくの頭上には神がいて、ひどく怒っていた。折からの高度成長期で、世間全体が物欲にとり憑《つ》かれた状態だったからだ。「働け、はたらけ。仕事だ、しごと。稼げや、かせげ」と号令をかけられて、大衆は働くことに余念がなかった。そんな時代だったのだ。しかし、ぼくはノンビリゆっくりだった。

西神田の田中製本という会社に、住みこみで働くことになった。仕事がおわると神保町の古本屋街へ行った。仕事は六時定時であったが、三十分で夕食をとって、それから九時まで残業があった。みんなは働いていたが、ぼくは残業を休んだ。文学する時間がほしかったからである。

ギャザラ（丁合機械）のガチャガチャという騒音がうるさいので、古本屋街へと飛び出して行った。立ち読み専門であった。月給は一万八千円で、本を買う余裕などなかった。

ぼくは上林暁が好きで、田舎のオキナワでも片っ端から読んでいた。東京に出てきたのは、まだ読んでない作品を読みたいからでもあった。ちょうどその頃、上林暁全集が出版されて、ぼくは書店でワクワクしながら立ち読みしたものだった。けれども驚いたことに、まだ読んでない作品は、一つもなかったのだ。

「へえ、あんな田舎で、ぜんぶ読んでいたわけか」と、自分でもびっくりした。

上林暁が好きなのは、作家としての姿勢に誠実さが感じられたからだ。日常生活のことをありのままに書いていて、フィクションはなしだった。そこが気に入ったのである。自分もそんな姿勢で書きたいと思った。包み隠さずにさらけ出すこと。真実を語るためには、それしかないと思ったのだ。

　日常生活の中に書きたいことはたくさんあった。フィクションを用いる必要性を感じなかった。生活の中の大問題を、真っ正面から書けばよいと思っていた。ところが、後になって思い知ることになるわけだが、それこそは編集者がもっとも嫌うところであったらしいのだ。「所得倍増」とか「列島改造」とかいって、官僚も新聞記者もラッパを吹いて、大号令をかけていた時代だった。何も考えないで、ただ、ひたすら働いておればそれでよいという、そういう時代だったのだ。だから考えごとをする者は嫌われた。

　焼きつけ機械の上に文庫本をおいて、できあがった漫画雑誌を断裁機のそばへもっていく。そういう仕事をこなしながら、走りもどってきては、一行ずつ読むのである。すると、見てない間に文庫本はゴミ箱に放りこまれる。

　残業はしないし、仕事中も本を読むし、考えごとで黙りこんでいるしで、仲間の男どもにいじめられた。だから一年ほどで田中製本をやめた。そして高田馬場で日雇いの仕事をするようになった。本格的にフリーターとなった。それが始まりであった。

フリーターとなって得たものは自由であった。そして失ったものは世間体であった。

会社から解放されて、自由になったのはよいことだったが、衣服は汚れ、体は臭くなった。電車に乗ると、周囲にはひろい空間ができた。誰もまともに相手してくれない。そういう目で見られるのだ。そして世間体は失われていった。だが、見知らぬ人々の吹きだまりである東京で、世間体を気にするほどのことは何もなかった。

いずれにしろ、精神的な独立独歩を勝ちとるには、世間体を気にしてはならない。世間並みでよいと思っていたら、思考力は働かないし、そうする意味もなくなる。みんなに追随して、すべて世間任せにすればよいだけのことだから。

――オキナワのこと――

○ 手紙

アパートの鉄階段をおりて、ポストを開けて見るのは、生活の習慣であって、別に期待しているわけではない。しかし元妻からの手紙が入っていると、ぼくはつぶやく。

「あ、また、きている。もう、いい加減にしたら?」

そうつぶやきながら、ソワソワとした気持ちで、封を切るのである。

いつものように琉球新報の切りぬきが入っている。

『美《ちゅ》らしま、清《ちゅ》らぢむ、沖縄の心を見つけた』という記事の切りぬきだ。

A4ほどもある写真が載っている。海も空もあおく輝いて、とても明るい写真。

折りたたんだ切りぬきの間に、メモ用紙にしたためた手紙が挟まれている。自分でも解せないことだが、記事にも写真にも目をくれず、手紙から先に読む。

「他人《ひと》の妻になってるというのに、手紙なんぞよこしやがって、何という女だろうね」

そんなことをつぶやきながら、探るような目で読むのである。

離婚してすでに十七年になる。しかも元妻は再婚している。なのに月末になると、決まって手紙をよこすのだ。

(もう、手紙はよこさんでよい。いったい何のつもりなんだ? 万が一にも、元にもどることはないだろうに…。男性自身もしぼんでしまっているよ。何の楽しみもない)と、何度つぶやいたことか。

(すでに年老いて前歯が欠け、舌の上をスースーとすきま風が通りぬける。目はかすんで、新聞の文字を読むのに苦労するほどだ。頭は白髪。その白髪も抜けて、頭頂はスカスカの不毛地帯になってしまった。この世には何の希望もない。だから手紙はよこさんでくれ。頼むからさ、手紙は…）と、何度ぶつくさいったことか。

手紙文はじつにあっさりして、味も素っ気もないものだ。参考までに複写してみよう。

《お元気でしょうか？　夕べ（三月八日）は、久しぶりにミサと話すことができました。バイトがおわってから、わたしのスナックへ立ち寄ったのです。今の状況や将来の考えなどを聞いてみました。「将来はカフェをやりたい」といっていますが…。わたしがスナックをやる時、「不況だから、やめといた方がよい」といった人が、「カフェをやりたい」というのですから、まったく…可笑《おか》しいですよね。リョウは「自分は中卒だから、ミサのカフェを手伝う」といってるらしいです。それでミサはバイト先で、カフェ経営のノウハウを勉強しているようですよ。あなたに似て対人関係がわずらわしいという性格ですから、水商売は不向きではないかと思いますがね。ユタの家にいって聞いてみたら、「あなたは純粋だから、昼間の仕事をしたらいい」といわれたらしいです。

健康保険はぜんぶわたしが払っています。免許をとる時も、車を買う時も「出して」といわれてぜんぶ出しました。アパートを借りる時も全額、わたしの方へきました。子供を育てるのは、トータルで大変ですよ。母親というのは難儀なものです。産んで、育てて、面倒みて、まったく割に合わないです。普通の家庭のように役割分担ならいいのですが、わたしの場合はひとりで負担ですからね。まー、愚痴はこれくらいにして、ミスターナガシマも六十八歳。脳コウソクで倒れましたよね？　あなたも若くないので、気を付けないと。無理をせずに、子供二人を見守っていきたいものです。レミ》

手紙を読んでも、すぐに忘れることにしている。問題が大きすぎて、いちいち取りあげていたら、人生の残り時間がいくらあっても足りないと思うからだ。

手紙の裏には「レミ」という名しか書いてない。「〇〇レミ」とは、書けないのであろう。再婚した夫の姓は秘しておきたいに違いない。

（ふん、何が見守っていきたい、だ。こっちは返事も書けゃしないんだぞ。考えてもみろよ、〇〇レミ様へって、手紙が書けるか？　妻を寝とった男の姓なんぞ、見たくもないんだよ。それなのに何でだ？　養育費の送金がとだえたら、困るからか？）

（旦那は高学歴で背が高いという。その上、高給とりの公務員で、拳銃をもっているという。そいつは公安の人間じゃないのか？　拳銃をもってるのはヤーさんか、警察関係の者くらいだ。手紙を書けば、こちらの情報は、その旦那に筒ぬけになっちまう。公安の人間とグルになって、ぼくをいたぶるのはやめてくれ）

とはいっても、ぼくは平気である。どこか知らない遠いところ、誰も知らない星からきた魂だから、プライベートなことで怒り狂って、父なる神が与えた大事な使命を忘れたりはしない。ぼくにとっては、使命を果たすことがいちばん大事だ。

いずれにしろ、よい思いこみというのは、よいものである。自分は神の子と思えばその通りになるし、自分は浮浪者だと思いこめば、その通りになって、家庭を破壊されようと、妻子と引きはなされようとビクともしない。

思いこみは自己認識をつくる。「おれは狼だ」と思えば狼になり、「わたしは天使よ」と思えば天使にもなれる。それを誇大妄想というにはあたらない。要はよい思いこみによって努力し、自己をよりよい方向へ導くことではなかろうか。

○家庭

夫婦に愛情がなくなったら、家庭は崩壊する。不倫しようものなら、子供がいても破綻。

子はかすがいというけれど、何の役にも立たないのだ。

妻子を郷里に残して再上京したのは八四年、四十六歳の時。妻（三十四歳）は、すぐに愛人と同衾《どうきん》した。それから三年後の八七年には、弁護士から離婚同意書の書類がきた。ハンコを押して返送するように、とあった。（すでに同居しているのであれば、もう、どうしようもない）と、ハンコを押した。

それ以来、ぼくは人間としては失格者となった。家庭をかえりみずに離婚された男、ということになった。遠い星からやってきた男は、地球での生存競争には馴染《なじ》めなくて、ぼんやりしていたのだと思う。

やってきた目的が戦争をなくすためであってみれば、結婚も子育ても余計なことかも知れなかった。ぼくは自分の目的に向かって、ひたすら邁進することにした。ふたりの子供には心から詫びた。

戦争をなくすためには、いっぱいの熱愛エネルギーがなければならない。

太陽神からの熱愛エネルギーが、地球世界に充満していなければならない。それを心理学的にいうと、親子愛、結婚愛、隣人愛、主従愛の充満ということになる。結婚愛とは夫婦愛でもある。だが、ぼくはそれを崩壊させてしまった。子育てを放棄したことで、親子愛も破ってしまった。そのことに気づいて、ガックリきたものだった。

愛は心理的な共鳴エネルギーで、熱は物理的な振動エネルギーである。そして愛と熱は相似なので、両方をひっくるめて、熱愛振動の波動エネルギーと称している。

エネルギーの法則として、下から順序立ててのべると［永久保存則＝主従愛＝自治政治］→［等分配則＝隣人愛＝経済産業］→［接触伝達則＝結婚愛＝同胞社会］→［不可逆則＝親子愛＝教育養育］ということになるであろう。このエネルギーの法則は、万人が尊ぶべきものである。というより、全宇宙の知的存在が従うべき不文律の法なのである。それを尊び行ってこそ、真《まこと》の人の道、真実の道程を歩むことになるからだ。また、熱愛エネルギーは太陽神から発するので、神を尊び、その法に従うことにもなる。『ホツマツタヱ』という古代文書では、その道程のことを「天なる道」といっている。全天体に住む知的存在にとって、それは共通の法則だから、そうなるのだろう。どこの惑星人であろうと、どこの国の出身であろうと、どの人種であろうと、問うところではないというわけだ。エネルギーの法則を尊んで、履行《りこう》しなければ、知的存在としての条件に欠けるからである。

人間は誰だって、魂の青年になれば結婚を望むものだ。男女の愛、それが愛のはじまりである。相思相愛で結婚生活を営んでいると、天から子宝がさずけられる。そこに親子愛が加えられることになる。

ところが、仕事がなくて収入が得られないとか、もっと稼ぎのある伴侶ととり替えたいとか、金銭やものごとにあまり執着しないからイヤだとか、性的に満足を与えてくれないからダメとかいう場合には、家庭はあえなく壊れてしまう。法則も何もあったものではない。

「そりゃヒト科動物として、生存競争して生きているんだから、当然のことだ」

そういわれれば、それまでのことだが、天なる道が無視されては、決して知的存在にはなれない。なのに、それでいいのだろうか。ヒト科動物として生きれば、防衛本能と闘争習性の獣にまで堕して、ついには核ミサイルで自滅するかもしれないというのに、それでいいのだろうか。それでいいというのなら、ぼくは構わないでおくことにする。

日本人は今、火山の淵から内側にころげ落ちて、斜面にしがみついているような状態にある。ズルズルと下へ落ちれば、地獄の火口がまっている。だから、あとは這い上がるしかない。とにかく這い上がって、外の裾野まで下りれば、そこに緑野があって、平安に暮らすことができる。そのことを伝えるために、ぼくは別の場所からやってきた。しかし、地獄に落ちてもよいというのなら、どうしようもない。

○ 別離

　オキナワに住んでいたころ、ある日曜日に、ぼくと妻は二人の子供をつれて、中城《なかぐすく》公園へと行楽にでかけた。家庭サービスのつもりだった。結婚も七年目で、互いに空気のような存在となっていた。

　普天間という町でバスを乗りかえ、ゆるやかな坂を登って、高台にある公園にたどりついた。そこには古い城趾があるきりで、石垣のほかに見るべきものは何もない、そんな公園だった。それは二人の夫婦関係にも似ていた。見るべきものは何もない、とるに足りないことの連続、というわけだ。

　四人は公園内を歩きまわった。石垣の上から太平洋を眺めたり、芝草の上で買ってきた弁当を食べたり、あとは寝転がって大空の雲を見たりした。それ以外には、することが何もないのだ。ふっと思いついて、ぼくはいった。

「山羊《やぎ》を見に行かない？　ほら、石垣の下に山羊小屋があったろう？」

「それ、何年前の話よ、もう、山羊なんかいないわよ」と妻は言下にいった。

「それは行ってみなければ、わからないよ。ものごとというのは…」とぼくはいう。

「あ、山羊、見たい。山羊、見たい！」と、五歳になったばかりのミサが乗り気になった。

「うん、山羊、見に行こう。山羊だよ、山羊！」と、三歳半のリョウもその気になった。

それで石垣の下へ、山羊を見に行くことになったのだ。

石門から城外へでて、石垣にそって裏の方へと回った。草道を踏み分けてすすむ。ぼくも子供たちも探検隊のように、気持ちをワクワクさせていた。

石垣の下に岩の窪《くぼ》みがあって、拾い集めた枝木で簡単な囲いを作り、その中に三匹の山羊が飼われているのを、以前に見たことがあったのだ。

「山羊はまだ、いるのだろうかね？」とぼくはいった。

「ふん、何年前の話をしてるの？　いつまでもいると思う？」と妻はいった。

岩の窪みのところにきてみると、山羊小屋は残っていたが、山羊はいなかった。

「あーあ、いなくなってる。さては山羊汁にして、食べられちまったか」

「だから、いったじゃないの。何年前の話？」

「ぼくがまだ青年だった頃の…」

「あんたが青年だった頃？　それって二十年も昔の話よね」と妻はいった。

スナックをやっている彼女には愛人がいて、毎夜、車で送ってもらっているのは知っていた。彼女の言い分はこうだった。

「彼はちゃんとした勤め人よ。月々の給料をもらってくる。立派だと思うさ」

ぼくには給料もなく、収入もなかった。

「あ、石垣にそって、ぐるっと回ってもどろう。探検だから」とぼくはいった。

作品が書けて、文芸誌に掲載されたら、原稿料が入ってくるのだが、作品は書けなくなっていた。だから家事育児、炊事洗濯をするより外になかったのだ。

「そこに道はある?　草道を歩くの、わたしはいやだからね」と妻はいった。

そういうわけで毎日がつらかったものだ。

「道はあるはずだよ。ほら、人が通った跡があるじゃないか」

冒険心の強い子供たちは、先になって探検している。

「草道はチクチクするからいやよ。あんたは何かにとり憑《つ》かれて、迷わされてるよ」

「とり憑かれている？　ぼくは冷静だよ」

「ダメよ、道はないじゃないか！」と、彼女はヒステリックに叫んだ。

その声には、ぼくの方がドキッとした。恐怖と不安で顔が引きつっている。

これはいけないと、すぐに子供たちを呼びもどした。

「ミサもリョウも、もどってきな。かあさんが草道はいやだというから」

彼女がいう道とは、アスファルトで舗装された道路のことで、草道は道の部類に入らないのだ。

と、そこへ三人の兵士がタッタッと走ってきた。草道に立っている彼女のそばを走り、ぼくの前を走りぬけて、子供たちのそばをトットと先へ突きすすんでいった。

（あんなふうに兵士たちが走って行くのだから、道はちゃんと続いている）

と思った。

それにしても不思議だったのは、兵士といいながら陸軍《アーミー》でもなく、海兵隊《マリーン》でもなく、空軍《エアフォース》でもなかったことだ。基地の町に住んでいると、その服装を見れば一目でわかる。

(いったい、どこの兵士たちだろう? 妙だな)と思った。

軍の作業着を着ているのだが、その服の色が、どの隊の色とも違うのだ。(色が褪《あ》せてしまったのかな。アーミーでもなくマリーンでもなかった)

公園からバス停へともどって、ベンチに腰かけてバスを待っていた。と、公園の中から、兵士たちが出てきた。

(あー、さっきの兵士たちだ。ここに何しにきたんだろう。日曜日だから、訓練ではないはずだが…)と思いながら、兵士たちを見た。一人は黒人で、他の二人は白人だった。

そこへジープがやってきて、三人の兵士を乗せて、目の前を走り去って行った。

「あの兵隊たちは、さっきの、だよね」と、並んですわっている妻にいった。

「兵隊？　兵隊なんか、いないよ」とキョロキョロしている。

「え？　いま、目の前を、ジープに乗って…」

「ジープ？　あんた変だよ。さっきから幻惑されて、ナーバスになってるよ」

（あッ）と思って、ぼくは黙った。

（あれは宇宙人だ。ぼくは見たのに、彼女は見なかったという。宇宙人って不思議な存在なんだよな）と、そう思って、それ以上、話さないことにしたのだ。

それから二カ月ほどして、ぼくは東京へと旅立った。首に巻きついた子供たちの手を、引きはがすようにして旅立った。それがとてもつらかった。

（あの時、宇宙人はぼくに、何を伝えようとしたのだろう？）と時々、思い出しては問いかけるのである。

（道は続いているって、教えようとしたのかな？　心配することはない、われわれが見守っていると、伝えようとしたのかな？）と思ったりもするのだ。

○　霊魂

『宇宙人の魂をもつ人々』（徳間書店）の著者によると、地球には一億人もの宇宙人の魂が住んでいるという。霊魂が何度でも輪廻《りんね》転生することを思えば、それはあり得ないことではない。彼らはあの星からこの星へと転生して、文明の度合いを高める。そんな仕事をしにきているのだ。地球人は現在、核ミサイル戦争の危機にある。だから、それを未然に防ぐという使命をおびて、地球にやってきているのだろう。

輪廻転生のことをもっというなら、宇宙人が地球人に転生するばかりではない。日本人が外国人に、外国人が日本人に転生することだってある。男性が女性に、女性が男性に転生することだってある。人間が動物に、動物が人間に生まれ変わったりすることもあるだろう。すべては魂の学習のためであり、全体の知的文明度を高めるためである。

アメリカには、いろんな国籍をもつ人々が在住して、互いに文明を高めあっている。それを文明の多様化という。その多様化を宇宙規模に拡大して考えてみると、地球に火星人や金星人や、さらにはシリウス星人やプレアデス星人などがやってきていても、ちっとも珍しくないし、不思議でもなんでもない。ましてや地球の文明度を高めるためにやってきているとしたら、むしろ歓迎すべきことではなかろうか。

「日本国土は日本人のもの、外国人は排斥すべきだ」と唱える者が、もしもいるとしたら、それは「縄張り意識の強い肉食獣」といってよいであろう。草食獣は縄張りを必要とはしないが、肉食獣は狩り場としての縄張りを必要としているからである。このような低次元のヒト科動物は、因果律によって、そのまま肉食獣に生まれ変わるであろう。だからそうならないためにも、啓蒙と教化が必要で、高度な文明人の同居が望ましいのだ。

ぼくは一九三八年五月にフィリピンのダバオ市で生まれた。父母は開拓移民として、十年も前から、そこに住んでいた。ぼくが生まれて三年後の一九四一年十二月には、真珠湾攻撃によって太平洋戦争が始まった。そして四年後の一九四五年八月に終戦となった。ぼくは戦争体験者なのである。戦乱のなかを生きのびたから、戦争がどういうものか、よく知っているつもりである。

ダバオ市の空襲では、爆弾が近くに落ち、爆風で家がギシギシと傾《かし》ぎ、窓ガラスが飛び散った。ぼくたち家族は庭の防空壕に入って、防空頭巾がわりに布団をかぶっていたが、爆発の閃光があって、爆風が吹くたびに布団はフワッと浮くのだった。

空襲がはげしくなって、密林の奥地へ逃げこんだ。六カ月後に日本軍は降伏して、家族は密林から村里へ降りてきたが、道ばたには軍服を着て、銃を抱いた兵士が白骨になって横たわっていた。それこそは草むす屍《かばね》であった。

「プータギナ・バブイ！」と現地人に嘲《あざけ》られた上、石を投げられたこともあった。

捕虜収容所に入れられて、アメリカ軍の携帯食料の配給を受けたが、そのなかにはチーズやチョコレートが入っていて、こんなに美味しいものがあったのか、とびっくりしたものだ。

終戦になって、引揚者としてオキナワへ帰ってきた。祖父母の住む村へ帰ってみると、田畑は押しつぶされて、アメリカ軍の飛行場となっていた。

村人たちは協同で標準小屋を建てて、軒を並べて住んだ。ツーバイフォーの柱にベニヤ板の壁、茅《かや》草をのせて屋根とした。まさに方丈の小屋であった。それにトタン板の庇《ひさし》をつけて、台所としていた。

平和な世になって、村人はホッとしながら、寄るとさわると戦争中の話や、霊魂の話をするのだった。沖縄人は祖先の霊を崇拝するので、親戚縁者の霊魂は、日常生活のなかへすんなりと入ってくるのである。

夢枕に夫の生き霊が現れ、元気でいることを教えてくれたという話。

魂となった息子が母親のスカートにまつわりついて、もの知らせをしたという話。

祖父の霊が浜千鳥に変身して家に入り、仏壇に止まっていたという話。

シベリアへ遣《や》らされていた夫が死霊となって現れ、泣きながら別れを告げたという話。

そういう話を山ほど聞いた。話のあいまに、母は嘆いていうのだった。

「あいえー、哀りやさ」

「やー、本当《ふん》に」

ぼくは小学校一年生。母親たちの話を本当のこととして、そのまま受けとめて、それをぜんぶ信じたのだった。しかし不思議なのは、生活が軌道にのって、村人たちが競争してあくせく働くようになると、そういう話はピタリとやんでしまったことだ。戦争のことも死霊のことも、誰ひとり話さなくなってしまった。二、三年の間に、そういう話はすっかり消えてしまった。

(なぜだろう? あの頃は、あんなに真剣になって話していたのに、なぜ、ピタリとやめてしまったんだろう?)とぼくは思ったものだ。

(なぜ? 何らかの理由があるはずなんだが…生存競争のせいだろうか? 心にゆとりがなくなったからか?)

それらのことは、精神の底に沈んで、澱《おり》のように溜まっていたと思われる。

後に、青年となってから、『ユング自伝』などを読んでみたら、霊界の話がふんだんに出てくるので、びっくりしたものだった。そして喜んで受け入れることができた。それこそ素直な気持ちで学ぶことができた。

島民と兵士が追いつめられて、激戦地となった島尻の摩文仁《まぶに》の丘には、「平和の碑《いしじ》」が建った。石碑には島民と兵士の名が刻まれている。もちろん敵対したアメリカ兵の名も刻まれている。そのような石碑は、霊魂を尊崇する民ならではのこと。世界中、どこにも類例がないのではなかろうか。霊魂となってしまえば、敵も味方もないのだという、そんな思いをこめて建立した石碑なのだ。

○　生きベタ

ぼくは生き方が下手である。世間には生き方上手な人が大勢いるというのに、だ。

「何で下手なの？　もっと上手に生きればいいのに」といわれたこともあった。

「うーむ、なぜだろうね」と、ぼくは考えこんでしまう。

たとえばの話、仕事場から家へもどると、隣家からの出火で自家も延焼して全滅、ということを想像してみよう。稼いで貯めこんでいた全財産が灰になったという場合だ。また、仕事帰りにちょっと一杯やって、さて、と帰りかけたら、後ろからきたバイクに突き飛ばされて、こと切れたという場合もある。

その他にも、いろいろとあるだろう。すべては諸行無常。じつは明日の命でさえも、保証されてはいないのだ。それらのことを念頭に入れると、あくせくする気持ちがうすらいでくる。上手に生きようなんて、ちっとも考えない。

とくに資本主義社会では、すべてが競争である。上手に生きるとは、競争相手を出しぬいて、押しのけるということだ。ぼくにそんな知恵はない。頭脳をそんなことのために使いたくないということだ。抜け目なく行動するなんて、とんでもないと思う。目から鼻へ抜けるような利口さなど、そんなのはいらないのだ。すべてを天の計らいに任せる。神の存在を信じているから、そんなふうになるのであろう。
そういえば『マタイ伝』には、こう書いてあった。
《あなた方がどんなに心配しても、寿命を一寸でも延ばすことができるだろうか。なぜ着る物のことで心を煩《わずら》わすのか。野のユリが育つのをみよ。苦労せず紡《つむ》ぐこともしない。しかしわたしはいう。栄華を極めたソロモン王でさえ、この花ほどには着飾っていなかった。今日は花咲き、明日は火に投げこまれる野の草花でさえ、神は美しく装ってくださる。ましてや、あなた方にはなおさらのことではないか。信仰うすい人たちよ、何を食べ、何を着ようかと心配するな。天の神はあなた方に、それらが必要なことを知っておられる。だから、まず神の国とその義を求めよ。そうすればその他のものは、求めずともつけ足して与えられる。明日のことを心配するな。明日は明日自らで心配する。一日の苦労は一日でたくさんである》
中学一年の時から読んでいた言葉が、スラスラと口から出てくる。この言葉に込められた精神が、ぼくをノホホンとした人間に変えてしまった。

信じる信じないは、各人の自由であろうが、ぼくは信じて、ノンビリと生きることにしたのだった。

それが嵩《こう》じて、嫌いなことは受けつけなくなった。たとえば英語が嫌いだった。というのは、英語上手はアメリカ軍基地で優遇採用してもらえると、先生が話していたからだ。それを聞いたとたんに嫌いになってしまった。

(ほんのこの前まで、英語は敵性言語だから、いっさい使うな、といっていたのに…。なんて変わり身が早いんだろう)と思ったものだ。

(よーし、ぼくは英語なんか、いっさい勉強しないぞ。教えることがコロコロと変わるんじゃ、ぜったい聞いてやるもんか)

だから高校入試も危うかった。びりっけつで、ようやっと入れたのだった。ところが数学の時間に「解析I」というのがあって、これがまた大嫌いであった。

(何でこんなのを勉強するんだ? 実生活に何の役にも立たんのによ。こ

れを勉強するくらいなら、英語の方がまだいいよ。少なくとも役には立つからな）

そして［解析Ｉ］を投げすてた。すると単位はとれない。単位不足で卒業もできないだろう。そう予測したのだった。ぼくにもそれくらいの予測はできたのだ。

（遅かれ早かれ、高校はやめることになる。あとはもう、好きなことをしっかり勉強するだけのことだ）と覚悟をきめた。

学校の図書館に入りびたって、よい本を選んで読んだ。

原久一郎訳のトルストイ全集があった。『芸術とは何か』とか『われら何をなすべきか』とかを読んだ。『要約福音書』とか『教育論』とかを読んだ。『復活』も読んだ。しかし『戦争と平和』は読めなかった。

そのかわりにショーロホフの『静かなるドン』を読んだ。ロシア革命時におけるドン川地方のカザック族、貧農アスターホフ家の親・子・孫三代にわたる大河小説だった。読みごたえがあった。血なまぐさい革命戦争の状況がよくわかった。

それから岡倉古志郎著の『かくてまた戦争は作られるか?』を読んだ。偶然、本棚に見つけた本だった。が、この本はぼくにショックを与えた。戦争は工業資本家と武器商人と政治家によってつくられるという。

(えー、そんなバカな。戦争を商売にしている死の商人がいるというの? でも、たぶん、それは本当のことかも知れんなー)と思った。

ちなみに社会科の教科書『世界史』に目を通してみると、そのようなことは、何一つ書いてなかった。

(これはひどい。学校は本当のことを教えてくれないんだな。一言も触れていないのは、隠しておきたいからなのか? 悪を隠蔽《いんぺい》するのは悪への荷担でもあるよ。学校がその悪に荷担してるとはな。これは驚きだ)

十七歳、思春期の日々に、そこまで突っこんで考えてしまうと、もはや学校にいられなくなる。高校二年の夏休みがおわると、親に相談して退学したのだった。

かくしてぼくは落ちこぼれになった。自分ではアウトサイダーだといっていたが、要するに、生き方下手のあぶれ者なのだ。

○帰郷

再上京した直後の一九八五年から、九二年までの七年間、ぼくはバイトでガードマンをやった。立川にある総合保安という小さな会社だった。文学をやっているが食っていけないから、と事情を話して、バイトで働かせてもらったのである。月に十日間から十五日間だけ働いて、残りは書いたり考えたりすることに充《あ》てた。

だが、バブル崩壊で仕事がなくなってしまって、辞めざるを得なくなった。次の仕事を探して歩いたが、仕事はなかった。たちまち困窮状態になった。で、コンビニの生ゴミを拾ってきて、それを食べて命をつないだ。アパートの家賃は、七カ月分が溜まっていた。管理人に追い出されたら、橋の下へ行くしかなかった。追い出されなかったのは、土地の登記簿謄本を預けてあったからである。

父から贈与された沖縄市比屋根の六百坪の土地。後生大事にもっていた謄本。でも、ついに土地を売らなければならなくなった。困窮のはての決断だった。ぼくは謄本を懐中にして、カーフェリーに乗った。気持ちは切羽《せっぱ》つまっていた。

南島へ向かうカーフェリーの船旅は二泊三日である。

航空運賃は二万五千円。だが、船の運賃なら一万円ですむ、というわけで船にしたのだった。航空機の時代になって、船は客が少なくなった。カーフェリーはがら空きだった。

お昼過ぎに晴海を出て、夕方には伊豆半島沖を通過する。あとは大海原である。陸地は闇の中に消えて、かすかにライトの明かりが見えるだけ。

船客食堂で夕食を食べ、テレビを見る。そのテレビも、すぐに映りがわるくなって、船室へと引きあげるしかない。エンジン音を耳の底に感じながら眠る。ひたすら眠る。

朝になって食事を摂り、さてさて、船はどこまですすんだか？　と甲板に出る。進行方向の右側、はるか遠くに、靄《もや》のかかった陸地がぼんやりと見えるだけだ。食堂の壁に掲示された地図で確認すると、それは四国であった。

舷側にもたれて真下をのぞく。コカコーラ色の海水をかき分けて、船は前進している。白い泡が立ってコカコーラ色に混ざりあう。でも、目をあげて大海原を見ると、東西南北があまりにも広いので、船足の鈍さを感じるのだった。動いているようには見えないのだ。

波頭が陽光にキラリキラリと光っていた。それを見ているうちに永遠を感じた。そう、人は屈託している時にこそ、永遠を感知するのである。永遠と神は同義である。

(海の上にも船の上にも神は存在したまう) と思った。

ぼくは船上を探検してまわって、自動販売機を見つけた。缶コーヒーを飲み、ジュークボックスの音楽を聴いた。あとはすることが何もなかった。退屈で死にそうだった。さらに船上を歩きまわって、ゲーム室を見つけた。ゲーム機は壊れていて、室内にはゴミが散らかっていた。運転手たちは誰もゲームをやらないのだろう。

ぼくはゲーム機の椅子を窓際にもっていって、リュックから文庫本を出して読みはじめた。ゲーム室を独り占めにして、もの思いにふけりながら、文庫本を読んだ。それからノートをとり出して、窓枠の上に置いて、感想などを書きつけた。と、誰も入ってこないはずのゲーム室に、一人の男が入ってきていたのである。

(静かに考えごとをしているというのに…邪魔が入っちまった) と思った。

ちらっと見ると、中近東あたりの人だ。イラク人だろうか? ヨルダン人だろうか? それともイスラエル人だろうか? その姿から人種や国籍を見分けることは難しい。

（あの人は日本人じゃないね。旅行で、ぼくの故郷の島へ行くのかな…）

どっちにしろ、それはどうでもよいことだった。ぼくとしてはただ、誰にも邪魔されずに、読んだり書いたりしたかっただけのこと。

（オキナワは何もない島で、行ってもつまんないよ。太陽と海と、それに基地しかないんだ。それでアメリカの兵士がいっぱい。あんたは軍関係のシビリアンかな？）

ぼくは想念や思念のおもむくままに、身を任せることにした。

（父からもらった土地を売るために、ぼくは古里へ向かっている。父には申しわけないけどね、切羽つまってるんだ。家賃を七カ月分も溜めて、追い出されそうなんだよ。そうなったら橋の下に行くしかない。背に腹は代えられないのだ）

向こうの彼も、バッグから本を出して読みはじめた。

（父がフィリピンで稼いだお金で、買った土地だよ。父は戦争がはじまる十年も前から、農業移民でフィリピンに渡り、アバカ（麻）栽培をやってたんだ。そして稼いだお金を祖父に送金していた。そのお金で祖父は土地を買っておいた。戦争がおわって引き揚げてきてみると、土地はアメリカ軍の飛行場の下敷きになっていたけどね）

彼が室内にいるので同じ空気を呼吸していた。うがった言い方をすると、呼気吸気によって、同一の意気にひたされているような感じだった。

（着の身着のままで、古里の島に帰ってみると、土地は軍用地になっていた。占領軍だから、好き勝手に、どこにでも基地を造った。美田だってブルドーザーでつぶして、基地にしたんだ。で、農民たちはムシロの旗をもって反対運動に起ちあがった。だが、それも昔の話。祖国復帰したあとは、日本政府が賃貸料を十倍に値上げして支払ってくれているので、反対運動はおこらなくなった）

本は広げたまま読めなくなっていた。ノートも広げたまま書くこともなかった。

（日本は安保によってアメリカに守ってもらうことになった。それについては黙示録にこう書いてあった。《竜は自分が地上に投げ落とされたと知ると、男子を産んだ女を追いかけた。しかし女は自分の場所である荒野に飛んでいくために、大きな鷲の二つの翼が与えられた》と。そう、大きな鷲とはアメリカ軍の紋章、あの白頭鷲《イーグル》のことだ。つまり黙示録の計画では、基地は織りこみ済みだったのだ。それが神の計画なら文句はいえないね）

ふっと彼の方を見ると、消えてしまっていた。

（それにしてもふしぎな人だ。雰囲気からして妙だった。ひょっとして宇宙人？）

気になりだして彼の姿を探した。夕食の食堂でも探したし、船室の廊下を歩いて見たりもしたのだった。だが、その姿を二度と見ることはなかった。

（明日の正午には泊港だ。その時にチェックしてみればわかるだろう。地球人ならノコノコと船をおりてくるはずだ）と思った。

翌日、カーフェリーは泊港についた。ぼくは真っ先に下船して、出入り口の門のところに立った。乗船者たちの姿をそれとなくチェックした。車を運転して出ていく人の顔もチェックした。しかし、彼の姿はついに見つからなかった。

○ 琉銀事件

一九九四年の五月、土地は売ることができた。しかも四倍の値で売れた。というのは、払い下げの元軍用地で、原野のようだった土地が、きれいに区画整理されて、りっぱな宅地になっていたからである。不動産屋の浜さんの車で、現地へいってみて、それがわかったのだった。

「ここは今、分譲地として、大人気ですよ」と彼はいった。

「宅地になったんですね? で、相場はいくらぐらいですか?」

「坪当たり、二十四万にはなってます」

「へえー、前は六万だったのが、値上がりしたんですね」

区画整理によって、三六パーセントも道路に削られたが、四倍に値上がりしているのなら、文句なしであった。

売買契約をとりかわして、前金で五百万を受けとった。自分でも怖いくらいの大金持ちとなった。残金は月賦払いにしてもらった。アパート暮しをしている者が、大金をもっているのが怖かったからである。

そして七カ月分の家賃を払って、何の憂いもなく、文学に専念することができるようになった。それもこれも父のおかげである。

そんなある日、突然、元妻がぼくのアパートにやってきて、養育費を払えという。

「土地を売ったことを誰から聞いたんだ?」

「友だちから聞いたわけさ。養育費を払ってよ。わたし一人に苦労させて…」

子供一人につき六百万。二人分の千二百万を支払うことになった。不動産屋さんに連絡して、全額を支払った。しかもそれは過去の養育費で、これからの分は、毎月二十万ずつ送金することになった。養育費を支払うのは父親としての義務であろう。と、そう思って承諾したのだった。当時、彼女はすでに再婚していたのだが、それをひた隠しにしての請求だった。

不動産屋さんは、電話の向こうでこういった。

「あの、支払いは済ませました。でも、奥さんのことなんですが…」

「はい?」

「あの、名前が違って、いるようですよ」と、いいにくそうにしながら話した。

「あー、そう。離婚しましたからね」とぼくは答えた。

(たぶん元の、上地姓にもどしたんだろう)と思ったのだ。

「そうですか。それでいいんですね?」と彼は聞いた。

「えー、それでいいんです」とぼくはいった。

今になって思えば、再婚のことを話したかったのだろう。でも、それはぼくに伝わらなかった。それに気づくこともなく、年月は過ぎていった。もし気づいていたなら、再婚によって、養育費の支払い義務は自然消滅したと主張したことだろう。

元妻は月末には手紙をよこしてくる。毎月の養育費が途切れないよう気を回し、気を配っているのである。それが生活者のしたたかさというものであろうか。

オキナワは失業率日本一。貧困度も子沢山も日本一。自慢していいのは、長寿日本一だけ。長寿国世界一の日本だから、オキナワは世界ナンバーワンということになるであろう。

(失業率日本一だから、まー、しようがないだろう)という気持ちもあって、毎月の送金はつづけている。

ところが、それからほどなくして、琉銀事件がおきたのである。

誰かが琉銀破綻のビラを撒いたようで、取りつけ騒ぎがおきたのだった。困ったのは不動産屋の浜さんであった。

「いきなりハシゴをはずされてしまってね」と彼はいった。貸し剥《は》がしのひどい目にあったのだ。彼は資金繰りが苦しくなった。幸いなことに、東京に住んでいる姉からつなぎ資金を借りて、当座をしのぐことができたのである。

彼はその帰りに、ぼくのアパートへ立ち寄ってくれたのだった。

「貸してやるから借りてくれといってたのが、手の平を返すみたいに」と、彼はいった。

「銀行はひどいことをするんですねー」といって、ぼくは黙りこんでしまった。

(ひょっとして、公安がビラを撒いたのかも知れんぞ)と思ったからだ。(取引先である銀行にハシゴをはずさせて、ぼくへの支払いを焦げつかせようと企んだのかも知れん。行路病人のように、行き倒れにしようとして……陰謀を……)

彼には迷惑をかけてしまった。けれども彼は誠実に対応してくれた。焦げつくこともなく、毎月の支払いはつづいている。来年、二〇〇五年の六月に浜さんからの支払いは完了する。

その間に、創作の仕事はずいぶんと捗《はかど》った。『現代の神話』シリーズの十五作品を書きあげることができた。浜さんには心から感謝している。それから財産を残してくれた父にも感謝している。また、ぼくを守ってくれた親神と、天の万軍である宇宙人たちにも感謝している。

――権力について――

○ 自己規制

貧者は寝ても覚めても、世界の行く末のことを考え、地球の未来のことを想って憂慮する。毎日々々、机に向かって考えこみ、どうしたらよいのだろうと自問する。思考にうみ疲れると、ひたすら眠る。眠るのは夢の情報を得るためである。夢というのは心理次元の現状でもあるので、とても重要だと思っている。

世界の行く末や地球の未来については、黙示録の預言にしたがって、希望だけをもっている。民主主義の自治政府と、生協主義の経済制度（この制度については後の章で詳しく説明する）が到来するであろうと信じている。だから楽天的になって、のんびりと構えている。心配するほどのことは何もないだろう、と。

そのような生活を送っていると、足は現実の地面から遊離する。つまり浮遊人となってしまうのだ。そんなわけで、実際的な行動はしない。生協主義のために何らかの運動をするとか、あるいは資本主義を打倒するために何らかの活動をするとか、そんなことはいっさいなしだ。ぼくは思索者であって、活動家ではないからだ。

太陽神について哲学的思考をくりひろげ、欲望主義社会に蔓延する欲の虫について、心理学的に考察するのみである。その成果は『現代の神話』シリーズに盛りこんでおいた。

仕事といえば、それらのことを書くだけだ。そして書いたことに対しては責任をもつ。間違っている点があったら謝罪する。だが、曲解にたいしては、それは相手側の嫌味な行為なので、無視することにする。

とはいえ、資本主義の政治を批判すれば、それはもう反動で、共産主義者と同一であろう。共産党員が公安に目をつけられるのと同じく、ぼくも思想犯として目をつけられている。いや、はっきりと断定することはできないが、そうとしか思えない数多くの出来事があった。そこがつらいところなのである。

じつは最初から、ぼくは反動的な言葉を書きつらねていた。芥川賞を授与された『オキナワの少年』には、『島でのさようなら』という作品が収められている。文春文庫にも載っているので、読んでいただければわかるだろうが、「トルストイの言葉」として、次のように書いている。

《ここに一ルーブルをもっている者がいる。隣に一億ルーブルをもっている者がいる、と仮定して（いや実際、それはこの社会にざらにあることなのだ）、一ルーブルをもっている者は、それをポケットにねじこんで、酒屋で一杯ひっかけるなり、一膳飯屋で腹をみたすなりして、別段に政治権力のありがたさを意識したりはしない。ところが一億ルーブルをもっている者は、一ルーブルをもっている者の一億倍の意識で、政治権力のありがたさを感じるのである。

一億ルーブルがいかなる方法で集められたかは、ここではいうまい。ただ、ポケットの一ルーブルを使ってしまうと、またぞろ労働を売りに出かけなければならない多数の人々の中で、一億ルーブルを抱えて豪邸に住み、贅沢な生活を営むことができるのは、拳銃をもった警察官、黒衣をまとった裁判官、偉容をほこる牢獄が二者の間にあって、一方を押さえつけ、他方を助けているからであることは、一目瞭然である。結論をいうならば、政治権力の確立と運営を必要とした者は、彼ら少数派の一億ルーブル族であったのである。決してその逆の一ルーブル族の多数派ではなかったということだ。

富というのは権力によって守られていなければ、たちまち水のように平面に広がる性質をもつものである》

また、こうも書いている。

《われわれは、鎧《よろい》をまとい剣をつりさげ、貴族階級に媚びる騎士連中が、貧民のうごめく町や村を、パカパカと騎馬で蹴散らしながら、農奴制を守っていた時代のことを、暗澹《あんたん》とした気持ちなしに想いみることができない。それと同じように、戦車や小銃や大砲をかかえて、支配者の生活を守るべく、訓練を受けた何十万の兵士たちが、平安を願ってほそぼそと暮らしている市民の間を、地響きたてて通ったり、演習で農地や漁場を荒らしたりしながら、外には敵対し、内には反政府的な人々に威圧を与えつつ、ようやく保つことができている資本制の現代を、暗澹とした想いなしに、顧みることのできない時代がくるであろう。そうだ。われわれはまだ暗黒の時代を抜け出してはいないのである》

その他にも《政府とは金持ちのお屋敷をとりかこむ塀のようなもの》とか《政府が印刷し、他のいかなる者にも印刷することを許さない紙幣とは、明らかに略奪の具なのです》とか、政府を虚仮《こけ》にするようなことを書きつらねていた。公安に反資本主義の不穏分子と見なされるのは、当然のことであった。

当時、『文学界』の編集長だった豊田氏は、この作品を発表するに当たって「トルストイの言葉」を全部削るつもりだったらしく、赤インクのバッテン印をつけてあった。公安にいちゃもんをつけられる前に、聡《さと》くも自己規制して、ばっさり削除する手はずであった。いわば編集者による思想の検閲である。それを編集部員の重松氏が連絡してくれたので、ぼくは文春に出かけていって、泣いて懇願したのだった。

「責任は自分がとりますから、削らないでください。どうか、どうかお願いします」

「こんな発言は、自損行為になりますが、いいんですか?」

「それでいいんです」

そのようにして削除は免れ、芥川賞受賞後の単行本は出版された。たぶん、それを読んだ公安は、要注意人物としてブラック・リストに載せたと思われる。それが一九七二年のことだ。それ以来、三十年にわたって追跡したと推測されるのだ。ちょうどその頃、成田闘争が激化し、東峰十字路の攻防で、警官が三人も殉職したことも理由になろう。

その後、文春から出版した本は、一九七六年に出した『ちゅらかあぎ』ただ一冊きり。三十年間に二冊の本しか出してもらえなかった。書かなかったわけではない。書いても受けつけてもらえなかったのだ。文庫本にしてからが、一九八〇年に第一刷が出て、八八年に第二刷が出たっきり。三十年間に二刷しか出さなかったのである。

担当の編集者、萬玉氏はいったものだ。

「政治や経済のことは、専門の学者に任せておけばよい。専門家でもない、しかも高校を中退した者に発言の資格はないだろう」

「愛なんて言葉を気安く使うなよ。それは手垢に汚れたポルノ用語だぞ！」

その言い分にがっかりさせられた。とどめの一撃といってもよかった。

その後、『文学界』の編集長は湯川氏に変わった。で、この人なら認めてくれるかも知れないと、作品を送ったのだ。すると呼び出されて、こっぴどく説教されたのである。

「巷《ちまた》の宗教家がべらべら喋りちらしているようなことは書くな。こんな作品がまかり通ると思ったら、あんたゴーマンだぞ！」

斜に構えながら、そういったのだ。他人に向かって、「ゴーマンだぞ！」と言い放つほどのゴーマンがあるだろうか？　もういやだと思った。

そんなふうに撃退されたのである。潰しにかかったといって過言ではなかろう。反体制的な言辞を弄する者は潰すべきだ、と思ってのことに違いないのだ。言論の自由など、あったものではない。

ところで、この章を書いているちょうどその時、タイミングよく週刊文春に問題がおきたのだった。田中真紀子氏の長女の離婚記事を載せた廉《かど》で、週刊文春はプライバシー侵害と訴えられて、出版差し止めの仮処分を受けたのである。それに対して文春側はいきりたち、大キャンペーンをくり広げたようだ。

「言論の自由を奪うな」というわけである。もちろんそれは民主主義の大原則である。決して奪われてはならない権利だ。しかしながらぼくの立場からすると、チャンチャラ可笑《おか》しいというもの。

（記者がもつ言論の自由が奪われたからといって、あんなにも騒いでいるのかね？　そんなら作者がもっているはずの言論の自由は、どうなんだ？自由にものがいえないことは、どんなにつらいことか、それをわかってくれたなら、いいんだけどね）

（ぼくは潰されて泣き寝入りしたが、文春はさすがだ。権威と実績をかさに、猛然と反撃しているようだぞ。まー、今となっては、どうでもいいことだが…。ただ、わびしくさびしいだけだ）

そう思って、水に流したのだった。文春と田中家には、私怨と確執があるようだ。小学出の宰相など引きずりおろせ、とばかりに足を引っぱって、失墜させたことに発端した争いであろうか。

○ 検問

久しぶりに銭湯へいってきた。たっぷりと時間をかけて、垢《あか》をふやかしてこすり落とした。そして身も心も軽くなって、自転車を押してアパートへ向かった。夕方の六時から夜の九時まで、三時間も銭湯に入っていたことになる。

角を曲がって、旧国鉄の鉄道研究所前の通りへ入ると、警官が立っていた。自転車乗りをつかまえて、検問をしていたのだ。普通は二人組でやっているのだが、その夜は、三人組が両方の歩道に立って検問していた。蟻ン子一匹、逃さない態勢だった。

（あー、しまった）と思った。だが、すでに遅かった。

じつは検問に引っかからないよう、用心はしていたのだ。遠くから彼らが立っているのを発見するや、サッと横道へとハンドルをきって、別の道を通って帰ったものだった。

公安も警察も嫌いだから、顔を合わせないようにしていたのである。（なんで、こんな住宅地のなかで検問してるんだろう？　まさか、このぼくを狙ってのことではあるまいね？）と、そう思って、逃げることにしていたのだった。

しかし今度の場合は、逃げることができなかった。とにかく身も心も軽く、明るい気持ちで角を曲がったら、目の前に立っていたからだ。

とっさに自転車に飛び乗って、逃げようとは思わなかった。そんなことをしたら、ますます怪しまれてしまう。ぼくは何もわるいことはしていないはずだ。ただ、基地反対、安保反対を唱えているだけのこと。オキナワの出身なら、誰だって唱えていることだ。

（やられた。さては、ここで待ちぶせてたんだな）と思った。

清水荘から迎独庵へと、アパートを引っ越した時点で、彼らはぼくの生活活動の拠点を見失っていたようで、それを調べていたフシがあった。だからこそ、自転車の検問をするふりをして、網をはって待ちぶせしていたのである。近くの交番の警官ではなかった。どこか別の隊からきた様子だった。

「どちらへ行かれるんですか?」と、さっそく職務尋問をはじめた。

「銭湯に行って、その帰りです」とぼくは答えた。

「どちらの銭湯ですか?」

「立川市の羽衣町にある、羽衣湯です」

「遠いですね?」

「そうでもないですよ。自転車でたったの十五分ですから」

「いつもそちらへ?」

「はい」

「自転車は、あなたのものですか?」

「もちろんです。立川駅前のトポスで買いました」

他の者がライトを照らして、自転車の盗難防止の登録番号を読みとっていた。

それから無線で立川警察署に問い合わせをした。

「住所と名前を教えてください」

「新町二丁目の××番地。迎独庵アパート。名前は東恩納常夫です」

問い合わせた住所・氏名と一致したようで、無線の警官はうなずいていた。

「わかりました。失礼しました」

「どういたしまして。おつとめご苦労さんです」

そして解放された。どうにも妙なのは、その日以降、検問をする姿が消えてしまったことだ。近くの交番にいる警官ではなかったことも変であった。

以来、すでに四年になるが、検問は一度も受けたことがない。ただ、散歩に出かける時などに、携帯電話をかけている営業マン風の男が町角に立っていたり、コンビニに入ると、どこからともなく乗用車がやってきて、車のなかで携帯電話で連絡をとりはじめたりするだけのことである。

オキナワは第二次世界大戦最期の、地上戦が展開された激戦地。当時、島には島民と将兵あわせて六十万人がいたが、艦砲射撃の弾雨のなか、二十万人が死んだ。じつに三人に一人が死んだのだ。白砂青松の地は、焦土荒廃の地と化した。生き残った島民は、九死に一生を得たといってよい。それ以来、アメリカ軍は六十年近くも居座りつづけている。それをおかしいと思うのが普通ではなかろうか。いったい日本は独立国であろうか。「戦争は二度としてはならない」というのは、当たり前のことなのである。半分以上の島民が戦争反対、基地反対、安保反対なのだ。たしかにそれは日本政府の施政方針に反していて、反動である。それに間違いない。しかしだからといって目をつけて、追跡尾行するというのは許せない。

それがわからないわけではない。が、しかし思うところはたくさんあるのだ。

（なんで、公費のむだ遣いをするのか？　反対運動をしているわけでも、反政府活動をしているわけでもないのに。戦争に反対するからといって、つけ回すのはやめてくれ。しまいには、戦争なしでは生存できない資本主義の悪弊にまで言及して、反対を唱えることになるよ。それとも何か？そんなことはお前の思い過ごしだ、というのか。疑いぶかい性格だから、考え過ぎている、と…）

　ぼくとしても、それが妄想であってほしいと思っている。いや、妄想に違いないのだ。マークされたからといって、べつに実害は何もない。だからまー、いいようなものの、精神的な脅威や威圧や圧迫は感じてしまう。そしてジワリジワリと、脅迫観念がふくらんでくる。自分としてはそれと闘わなくてはならないわけで、そこが苦しいところだ。

○マッサージ

　ぼくは都市より田舎が好きだ。だからネオン輝く繁華街を歩くより、多摩川の土手を歩くのを好む。駅前にもめったに出かけない。出かけるとしたら、本屋に行くという目的がある時だけ。それにプリンターのインクを買いに行く時だけだ。

　さて、先日のことだが、本屋へ行きたいと思って、立川駅へと出かけて行った。駅ビルの七階にオリオン書房がある。そこをめざして行った。ダイエー系のスーパー、トポスの前に自転車をとめて、横断歩道のところへ行って立った。と、いきなり三十過ぎくらいの女が、ぼくの腕をつかんでいったのだ。

「アナタ、マッサージスル？　イチジカン、サンゼンエン！」

顔を見ると中国人であった。化粧も何もしてなくて、質素な感じである。（あいな。こんなところで、客引きしてるの？）と思った。時間はまだ昼前だ。

マッサージと称してはいても、密室に入ると、どんな相談にも乗ってくれるらしいから、客引きだと思った。よほど生活費に困っているのであろう。可哀想でもあって、ちょっとだけ軟化しかかった。しかしすぐに、自分の垢汚れて臭くなった体や、黒くなった下着のことを思い出して、断ることにした。

「あ、今はダメです。お金ない」

「マッサージ、キモチヨイカラ。イチジカン、サンゼンエン！」

そういって女は、つかんだ腕を両手で引きよせて、自分の柔らかな胸に押しつけた。

とても親しげな仕種であった。ドキッとして、気持ちがさらに軟化しそうになった。だが、一センチも積もった垢、角質化して象の皮になった肘や膝のことを思った。

「ダメですよ。ぼくの体、臭いから」といった。

（あぶったスルメの匂いがする）といおうとしたが、それはいわなかった。鼻にツンとくれば、その場でわかることだ。

（そういえば妻と別れて以来、一度も柔らかな肌に触れたことがなかったな。とっくにちびチンになっちまってるから、マッサージも意味なしだろう）と思いをめぐらせた。

「イラッシャイ。サービスアルヨ。イチジカン、サンゼンエン」

横断歩道の信号は青になって、そばにいた人たちは、いっせいに渡りはじめた。

「困ります。友だちが駅で待ってるから。ごめんよ」と、時計を見るふりをした。

気持ちはあるが、時間がないことを示したのだ。そして女の腕をふり払うようにして、横断歩道を渡っていった。何だか可哀想な気がしてふり返ると、すでに女の姿はなかった。

（客引きしたことを恥じて、アパートの部屋へ逃げていったのだろうか？化粧もしてなくて、質素な感じだったな）と、柔らかな肌の感触を思い出しながら、駅ビルの本屋へと歩いていった。

（しかし、なんで？　なんでこんな垢汚れた老人をつかまえようとしたんだろ？　毎日、お風呂に入って、清潔にしている若者は、そばに大勢いたというのに…。その差は歴然としているというのにね。ふり返ると姿は消えていたから、別の男に目星をつけて、寄っていったというのではなかったようだ。まっ、まさか、えー？）

公安のことを思ったのだ。

（あの女は、やつらに雇われた回し者、ということではあるまいね？　それともそうなのか？　よりによって浮浪者のような風体のぼくを狙ったからには…そうかも知れんぞ）

恐ろしくなって、横通りに入った。

（しかし、そこまではやらんだろう。…もっとも、妻のスナックに入り浸って、家庭を崩壊させるようなこともやった公安だ。ひょっとしたら、やりかねんかもな。臭くなった体でよかったよ。そうでなかったらノコノコついていったかも）

もう、オリオン書房へ行く気はなくなっていた。

（その気になって、女についていったら、裸になったところを見計らって、踏みこんできたかも知れん。買春法違反で現行犯逮捕され、警察へしょっぴかれて油をしぼられ、その上、新聞記者にも公表し、作家として不良軟弱という汚名をきせて、失脚させようと企んでいたのかも…。くわばらくわばら。危なかった）

立川中央郵便局の前を通って遠回りし、トポスの前の自転車をひろった。

（しかし、やり方が汚いんだよな。中国人の清楚な女を使うなんて、まったくひどいよ！、こっちの好みを調べあげた上でのことだろうか？　お化粧して、香水の匂いを発散する、元妻みたいな女には、いっさい見向きもしないということを、知った上での…?)

ぼくはアパートへと逃げ帰った。そして部屋のなかで、神に祈っていった。

(あー、父よ。彼らはぼくを狙っているようです。つけ回してはひそかに仕掛けて、弱みを握ろうとしているのです。あなたは人間の企みを見抜きたまいます。彼らが悪企みをしているようでしたら、打ち叩いて、懲《こ》らしめてやってください。どうか、お願いします。この通り、お願いします)

公安はぼくの背後に、天の万軍がひかえていることを知らない。天使や宇宙人が神の万軍となって、守っていることに気づかない。

○ 公安

今、ぼくの机の上には『公安警察　スパイ養成所』(島袋 修著・宝島社)という本がある。古本屋のブックセンターで見つけた本だ。ちょっと立ち読みしてみたら、公安がどんなことをやっているのか、その内容がわかった。島袋氏は元公安警察官で、自分の体験を書いている。手なずけていた共産党員が自殺し、彼はショックを受けて公安を辞めたという。それだけでは済まさず、罪滅ぼしに内部のことを暴露したのである。

(いったい公安という組織は、何をやっているんだろう。参考までに、買って読んでみようか)と思って、買ったのである。

公安の手口は、一般人を工作員としてつかまえて、ターゲットに接触させ、情報を収集するというものだ。しかも同郷人か、知人などを利用するという。

《「十回の路上接触より三回のお茶のみがよい。三回のお茶のみより、一回の飲酒接触がよい」と教えられた。このやり方が相手の懐に飛びこみやすいからだという。これを成功例に分類すると、次の通りになる。

一位　第三者、一般人を介しての接触。三三％

二位　面識がある人を介しての接触。二二％

三位　調査、資料集めを名目にしての接触。一三％

四位　同郷意識をくすぐっての接触。一〇％

五位　職業、職場を利用しての接触。八％

六位　趣味や趣向を活用しての接触。八％

七位　条件作為による謀略戦術での接触。三％

八位　防犯活動を名目にしての接触。二％

九位　面倒をみるという名目での接触。一％》

これを読んでびっくりさせられた。なぜなら一九八四年からこのかた、ぼくのアパートを訪れた同郷人が、二人いたからだ。滅多にないことで、それがM教授とO青年であった。ちなみにそれ以外の人が訪れたのは、近郊に住む小浜と、河林という文学青年だけである。河林青年に対しては「瞑想の邪魔だから、こないでくれ」と拒絶したのだった。そんなふうにぼくは人に会うのを避けてきた。でも、同郷の二人には、拒絶するようなことはできなかった。

M氏が訪れた時、遠い沖縄からきてくれたというので、ぼくは歓迎した。来訪の目的は、琉大が主催する「公開放送講座」(ラジオ放送)のためであった。九三年の十月から十二月にかけて、毎週日曜日の午後九時十五分からの四十五分間、それも十三週にわたって、各講師が講座を開くということだった。

その十二週目に「ある沖縄出身作家の肖像・東 峰夫」というテーマで、M氏が担当講師となって、放送するという。そのために資料集めをしなければならなくなったらしいのである。勘ぐっていえば、それはまさに［調査、資料集めを名目としての接触］と［同郷意識をくすぐっての接触］であった。

M氏には初対面ながら、同年配ということも手伝って、親しみを感じた。勘ぐったり、疑ったりするのは悪いので、極力、協力することにした。公安のために働いているとは、とても思えなかったのだ。だから、どんな質問にも率直に答えた。新聞や週刊誌の記者に取材されたことなど、覚えているかぎり伝えた。彼はそれらの記事も集めたいらしく、日本近代文学館や大宅壮一文庫へいって調べるという。資料集めに関してはプロであった。

ところが、公開講座がおわっても、彼は年に一、二度の割合で訪ねてくるようになった。会うたびに居酒屋での雑談となった。まさに［飲酒接触］である。

「断簡末墨にいたるまで、大事にとっておいて、わたしの所へ送ってくれ。後で琉大図書館に東 峰夫コーナーをつくりたいのだ」といった。

「わたしの政治力は、かなりのものだぞ」ともいった。

(そのための資料集めか？ 政治力を活かしてコーナーをつくるのかな？)

と思った。

彼が意図して公安の手先になっていたとは思わない。そんな意図はなかったろう。しかし、集めた資料は、彼らにも公開されるのである。M氏が気づかないうちに、コピーだってとることができる。書いた雑文やインタビューに答えた雑言にいたるまで、すべてを調査して、その思想内容を検討することができる。

ぼくは彼との雑談に飽きた。精神世界の話はいっさいなしだった。霊魂の話になると、酒屋の床を指さした。奇妙なしぐさでテーブルの下を指さすのだ。

「なんですか？ それは」と聞くと、こう答えた。

「霊は地獄にいる。そんな話はつまらんだろう」

「それより浜さんと三人で、温泉旅行にいこう」という話になった。

「大吟醸の旨酒が飲めて、のんびりゆっくりできる温泉を見つけてくれ」

というのだ。

ついでにいうと、不動産屋の浜さんを紹介してくれたのは彼であった。だから土地を売ったことも、いくらで売ったかも筒抜けであった。おそらくは、浜さんが懇意にしている銀行のことも知っていたであろう。

「土地代金を分割払いにしたのか？　焦げつくと大変なことになるぞ」といった。

「焦げつく？　あなたが紹介してくれたんですよ。そんなことあり得ないでしょう」

土地が売れた時、元妻への養育費のことで、彼はこうもいった。

「養育費は男としての義務だ。一人につき三百万円ずつ、払ってやったらどうだ」

「あー、そうかも知れませんね。でも、彼女に男がいるとしたら？」

「それはそれ、これはこれだろう」と、他人事のようにいう。

「じゃ、あなたに、立会人になってもらおうかな」と、ぼくは腹を立てていった。

彼の手前、意地でも支払ってやることにした。そして浜さんに手紙を書いて、支払いをするよう頼んだ。もちろんM氏には、立会人になってもらった。

元妻は金がもらえると知るや、東京のアパートに訪ねてきて、ものすごい見幕で迫った。そのことは予想していたことだった。

「あと六百万。もう一人分を払いなさいよ。これからの養育費も」という。その見幕に負けたのである。支払いは毎月、二十万円ずつ、現在も続いている。

M氏と浜さんと三人で温泉旅行にいくという当日、ぼくはわざとすっぽかして、拒否の態度を示して見せたのだった。

(これ以上付きあえない)と、暗黙裏に意思表示したのだ。以来、彼とは断絶となった。

さて、次はO青年のことである。

彼は一九九六年の八月に、突然、訪ねてきた。三十歳前後の作家志望。琉大を中退した後、ずっと郵便局に勤めていたが、文学修行のため妻子を残して、上京してきたという。そういう青年は珍しいのである。それ以後も現れたことがない。郷里を同じくする作家志望なら、無下に断ることもできなかった。

青年は炬燵テーブルの上の原稿を目にするなり、こういった。

「えーッ、まだ、手書きなんですか？　ワープロを買ったらいいですよ」

「ワープロ？」

「そうです。ワープロがあれば速いです。挿入も移動も推敲も自由自在」

「ふーん、そうか。買ってみるかな」

考えてもいなかったことだが、ぼくはその気になった。

「わたしが教えてあげます。郵便局では、パソコンやってましたから」

「あ、そう。じゃ、この原稿をワープロで、清書できるのかな？」

「できますとも。どんなにグチャグチャだろうと、読めさえすれば簡単です」

「そうか。それじゃ、買いにいくか?」

「いきましょう」

そして二人で買いに出たのである。近くの電化製品の店にいくつもりが、いつの間にか都内の秋葉原までいくことになった。

「どんな機種がいいのかね」と、何種類もあるワープロの前で、ぼくはいった。

「富士通がいいらしいですよ。森鷗外の鷗の字が旧漢字になってますから」

「はあ。じゃ、それにしようか」

ワープロは彼のアパートにおいてもらって、さっそく次の日から原稿の清書に入った。報酬は週給で五万。ぼくが書きなぐったものを、彼が清書するということにした。一週間分の下書きを、彼は一週間かけて清書してもってきた。きれいな活字となっていた。悪くなかった。創作の仕事も短期間で、順調にいくと思われた。でも、夢を見たのである。

次のような夢だった。

《ぼくに魔の手が迫っていた。それによって死に追いやられるかも知れなかった。ぼくは逃げた。ある新聞記者が組織の先鋒となって動いていた。その背後にはイルミナティーという世界的な組織があった。彼らは反対派を暗殺してきた。プロトコールという文書に盛りこまれた思想観念に従って…。世人を暗愚と軽薄に陥れてきたのも彼らであった。ぼくは森へ逃れ、木陰にかくれて、追っ手をやり過ごした。それから森を出て、平野へと降りていった。見つかりはしないかと怯えつつ、平野を走った》

夢から覚めて、記録しながら、うつうつと考えた。

(魔の手が迫っているというのか? としたら、それは身辺にいるに違いない。身近にいる者とは誰だろう? あの青年か? 用心した方がよさそうだな。彼に清書をさせると、コピーをとって、組織の先鋒に渡すかも知れない。するとこちらのことは筒抜けとなってしまう。隠すほどのことは

何もないのだが、彼らは先回りして妨害するだろう。どうしたらいい？彼との関係をやんわりと断ろうか。そうするしかないだろう

（それにしてもイルミナティーのお出ましとは驚きだ。ドル紙幣に刻印されているピラミッドの「万物を監視する目」、R・R・Rの三家族がそれなのだ。三井・三菱・住友の御三家は、その配下にある。だから日本政府は彼らの傀儡《かいらい》政権であろう。MI6やCIAや公安は、その傭兵に過ぎない。闇の権力者の手先となって働く…）

資金が続かないことを理由に、O青年との仕事関係を断った。彼は素直に引きさがってくれた。ひょっとしたら、悪いことをしていると思っていたかも知れない。そうでないかも知れないが、そうかも知れない。証拠は何もない。

とにかく戦って勝てる相手じゃないので、ぼくは悲哀を感じ、憂鬱になった。

公安は資本主義に敵対する者すべてを［赤］として一括りし、調査対象

にしている。反動的な言辞を書きつらねる作家や評論家も、赤色をおびている者として、調査対象となるのである。基地反対や安保反対を口にする者も、間違いなく含められる。

彼らは洗脳されて、資本主義を信じている。で、自分たちがやっていることを悪とは思っていない。北朝鮮の工作員が、自分たちの行為を悪とは思わないのと、それは同じである。むしろ正しいと思って、やっているのだ。そこに洗脳の恐ろしさがあるといえる。そういえばオウム真理教の幹部たちも、自分たちがやっていることを正しいと思っていた。洗脳されてしまうと、善悪、正邪の区別がつかなくなってしまうようだ。

ぼくは彼らの闇の深さを思った。自分までもが闇の中へ引きずりこまれてしまいそうであった。

世の中には、知らなくてもよいこと、知る必要のないことがいっぱいある。公安のことも、その一つであろう。彼らのことは放っておいてよいのではないか。関知したことではないといってよいのではないか。そう思うことにした。

神はテロによって、獣の悪を倒したまう。アメリカの資本主義が倒れたら、日本の資本主義も沈没する。依拠する精神的地盤を失って、公安は慌てふためき、そして消えていく。としたら、それは幻影となるだろう。あるいは妄想でおわるだろう。そんなふうに幻影か妄想でおわってくれたなら、どんなによいことか。

ぼくは『公安警察　スパイ養成所』の本が目にふれないよう、ベッドの下に押しこんだ。読む必要はない、と思ったからである。公安が何をしようと、それは彼らの自由である。言論や表現の自由を侵害するのは違法だが、それが彼らの行為である。人には自由に行為する権利がある。善行はもちろんのこと、法の編み目をくぐりぬけての悪行だって、それを為す自由があるのだろう。だが、善行は身のためになるが、悪行は身を滅ぼす結果となる。太陽神の下、因果応報の不文律は、すべての人に働くわけだから。

ぼくは安心して天の計らいに任せることにした。第一、そんなのに煩わされたら、思索などできゃしない。ぼくとしては、ただ祈るだけである。それしか手がないのだ。

——世間のこと——

○　巨竜

よいことの裏にはわるいことがあり、わるいことの裏にはよいことがある。それは個人においてもそうだし、世間においてもそうなのである。ぼくが日雇いになったのは、社会のあぶれ者になったことを意味する。だが、自由に思考したり、独自の意見を述べたりするために、それは必要条件だった。しがらみから抜け出さないでは、しがらみのもつ悪を批判することなど不可能だからだ。すべてはそんなふうになっている。

社会の体制というのは、巨艦に似て小回りがきかない。戦艦大和がグラマン戦闘機にしてやられたことからも、それがわかる。巨艦はいったん針路を決めてしまうと、あとは針路変更なしで突きすすむだけだ。それが滅亡への道のりだとしても…。

戦後六十年、日本丸はアメリカ軍の支配下にあって、もっぱら経済的発展のみを目指して突きすすんできた。官僚は護送船団方式によって日本丸という巨艦を守ってきた。その先に自滅が待ち受けているとも知らずに、突進してきたのだった。

資本主義社会において、物質的に豊かになることは、それに反比例して、精神的に貧しくなることを意味する。よいことの裏にはわるいことがあるということの、そのよい例である。アメリカの精神的荒廃を見ればわかることだ。資本主義で暴走してきたアメリカの姿は、十年遅れで、そのまま日本の姿に重なるといわれている。上っ面はとてもきれいで洗練されているが、内面では不安と疑心暗鬼に捕らわれているという、そんな姿だ。国権の強化、言論の統制、テレビ監視の目、少年犯罪の増加、弱者への虐待。それが十年後の日本の姿であろう。

人心荒廃、環境破壊、自然災害、異常気象は、世界中にひろがった。すべて資本主義がさし招いた災禍である。資本家と政治家と官僚は、このまま突っ走るのであろうか。それとも資本主義をやめて、面舵《おもかじ》いっぱいで、生協主義へと舵輪を切りかえるだろうか。

自滅から更生へと向かうためには、針路を百八十度、変えなくてはならないであろう。

資本主義とは［金銭資本への欲望主義］。欲望とはＤＮＡに刻印された虫性で、欲求本能から欲望習性へと増大する欲動《リビドー》である。それが極端なまでに増大したのが、貪欲な資本主義＝竜なのである。竜は爬虫類で、虫の筆頭。［貪欲＝竜＝狡猾］というふうに結びつく。資本主義べったりは竜べったり。日本はアメリカの巨竜に追随していることになる。

アフガンやイラクの例でもわかる通り、戦争や飢餓、貧困や病気を生みちらしているのが巨竜と戦闘の獣。それに追随すれば、その悪行に荷担することになる。人々が生存競争しながら、ヒト科動物に堕しているのは、この巨竜のせいなのだ。巨竜に騙されて闇の子となっている。社会人の大半がそうなのだ。したがって、もしも世間の人々の思惑を気にしていたら、その闇に囚われてしまう。あとはみなが並とばかりに、悪行を重ねて滅亡へと向かうだろう。

竜は貪欲であると同時に狡猾でもある。自分の貪欲な欲動を満たすために、知能のかぎりをつくして、狡猾にふるまう。スパイ活動も心理操作もプロパガンダも、お手のもの。そのマニュアルは百二十種もあるという。3S（スポーツ・スクリーン・セックス）による大衆の蒙昧《もうまい》化。株と為替のニュースを伝えながらのサブリミナル宣伝。四十八手どころではない。MI6もCIAも公安も、そのための活動部隊なのである。彼らは自作自演という汚い手だって使う。自分たちで大事件をおこしておいて、こう叫ぶのだ。

「犯人はやつらだ。証拠もあるぞ！」

それもマニュアル通りの手口なのである。

太陽神の下で生き残るためには、光の子とならなければならない。光の子となるためには、真理を生きなくてはならない。真理とは熱愛エネルギーの法則性を実践するということである。人の思惑など気にせず、神と相談して生き方を変えなくてはならない。

「父よ、われ何をなすべきか？」と祈って眠ってみよう。するとと夢の中に父が登場して教えてくれる。神は肉親の像をまとって現れるはずだ。父神は父の像、母神は母の像をまとって現れる。そして神と心は親と子。一対一で向きあって、針路を決めることになる。あとはそれに従って、人生の道程として一歩一歩、すすんでいけばよい。すべては納得づくである。父母は無理なことを強要したりしない。

自分が納得できれば、他人の思惑など、気にしなくてよい。大事なのは神の思惑であって、人の思惑ではないからだ。それに他人というのは、あまりにも多種多様。どの他人の、どの思惑を気にするというのか。

○三次方程式

戦争はスパイ工作によってつくられる。それのひどいのがアメリカで、それを国家戦略としている。ＣＩＡは陰に隠れて謀《はかりごと》をめぐらす。それが陰謀というものである。

「陰謀などあるはずがない」と思っているとしたら、甘っちょろい。ＣＩＡの存在を否定するのと同じくらいの甘ちょろであろう。

アメリカの資本主義は軍産複合体《コングロマリット》。戦争なしではやっていけないのである。

この度のイラク戦争では、トマホーク・ミサイルの製造元レイセオンは、約八百発も政府に買上げてもらって、ストック一掃であったという。前年度五億八千万ドルの赤字から、今年度は九百五十万ドルの黒字になった、と週刊誌に書いてあった。それが戦争産業の実態である。わが国の三菱も今年は大黒字。イラク派遣の自衛隊に軍需物資を納入して、大きな収益をあげている。小泉総理に自衛隊派遣を頼んだのは三菱であろうか。

第二次世界大戦で敗北して、日本の財閥は解体されそうになった。だが、アメリカの財閥の傘下に入ることを密約して、生きのびたのである。三菱はロックフェラーの傘下に入り、三井はロスチャイルドの傘下に入った。

大戦後五年と待たずに、ロックフェラーの画策によって、朝鮮動乱が引きおこされた。日本の財閥は特需景気にわいて、たちまち甦ったのである。そんなふうに資本主義の経済は、戦争を商売にしている。景気が悪くなると、どこかで紛争や動乱が工作される。死の商人が暗躍して、双方に武器弾薬を売りつけて、荒稼ぎするのである。荒稼ぎの裏で、どれだけの戦死者が出ようとも、おかまいなしだ。

だが、有難いことに、資本主義の本拠地ニューヨークは、神の鉄槌を受けるであろう。黙示録の預言では、そうなっている。神と宇宙人の大計画は、必ず実現すると信じている。

資本主義が滅びるからといって、悲観するには当たらない。いや、むしろ楽観的に考えて、希望で胸をふくらませている。その後には、生協主義の時代がやってくるからだ。

「経済活動は生活協同体による相互扶助でなければならない」というのが生協主義だ。

それを実現するために、たった二つの法律をつくるだけでよい。『銀行国有化法』と『私有財産上限枠法』である。これで資本主義の経済から、生協主義の経済へと、百八十度、方向転換させることが可能。いとも簡単なことである。そして自業自得の自滅から、自力更生の新生へと、Uターンすることができる。

ぼくは夢の中で、それらのことを兄から教えられた。それを複写してみよう。

《ノート一九一。一九九三年三月七日の夢。

ぼくは旅先から家にもどってきた。自分の部屋に入って、汗臭くなったシャツを脱いだ。シャツがとても汚れていることに気づいた。靴墨でも塗ったみたいに、油垢がついていたのだ。とくに襟首のところには、たっぷりと油垢がついていた。シャツを見つめながら、ぼくは自問した。

(なぜ、こんなに汚れているのか？　体も汚れているのだろうか？)

それで体を調べてみると、体は汚れていなかった。

(たぶん工事現場の飯場暮らしで、垢汚れた夜具にくるまって寝たから、その油垢がうつったのであろう)と思った。

道路工事の現場から現場へとわたり歩く旅だった。それが渡世であったのだ。

(シャツを洗濯しなくっちゃ)と、風呂場へいった。

洗濯機のそばには姉がいた。ぼくのシャツに顔をしかめ、そして鼻をつまんだ。

「ぼくだって清潔な白いシャツを着たいよ。それは誰にとっても喜びであって、汚れた衣服を好んだ憶えはないね」と、厳しい口調で姉にいった。

「でも、なぜ、こんな汚れたシャツを着ているかというと、それは挑戦だからだ。つまり、世の中の人々に貧しい労働者の姿をさらして、感じ入らせるためなんだ。けれども感じ入る人は感じ入るが、何も感じない人は、いっさい感じない。鼻をつまむだけで…」

兄がそばにきたので、ぼくは兄にいった。

「どうして世の中の政治家は、あんなふうに人道を踏み外して、腐敗してしまっているんですかね？　その難問を解決する方法はありますか？」

「数学の方程式で…」と兄はいった。

「方程式？　五次の方程式をもってしてなら、解答が出るかも知れないけど、でも、五次方程式は、式そのものが不可能といわれていますよ」

「いや、三次方程式で、十分に解決できる」

「三次方程式で？」

ぼくは数学は大嫌いであった。それで兄の前からさっさと退散した》
夢から覚めて記録した。とても重要なことを教えていると思った。

ぼくの数学嫌いは、夢でも現《うつつ》でも変わりなかった。高校一年の時は［解析Ⅰ］に悩まされ、二年の時は［解析Ⅱ］に苦しめられた。だから反発して、長い間、その夢の教えをほうり投げて、捨てておいた。だが、ある時、気になって国語辞典を引いてみたのだ。

それは［$ax^3+bx^2+cx+d=0$（$a\neq0$）］というものであった。いったいこれは何を意味しているのであろうか。

それをわかりたいと思った。それで睡眠瞑想に入った。能動的想像によって兄を呼び出し、いっしょに考えることにしたのだ。

（ここに出ているａｂｃｄというのは代数でしょう？　しかし何を意味するのですか？）

（政治の腐敗のことをいっているのだから、ａは政治。とするとｂは経済。ｃは社会。ｄは教育ということになる）と兄は答えた。

（ではｘとは何ですか？　それは法律ですか？）と質問した。

（その通り。政治のために三つの法律、経済のために二つの法律、社会のために一つの法律、そして教育のための法律はなし、ということだ）と答えてくれた。

（では、それぞれの法律とは、どんな法律ですか？　経済のための法律は、すぐに思い浮かびます。それは『銀行国有化法』と『私有財産上限枠法』です。この二つの法律で、経済制度をガラリと変えることができます。で、政治のための三つの法律とは？）

（それは『男女議席半数法』と、『公務員男女均等法』と、『公務員四年契約及び更改法』である）という答えだった。

兄の意気とぼくの意気は一つになって、もはや、どれが兄の思念で、どれがぼくの思念なのか、区別ができなくなっていた。

（国家公務員、つまり官僚は、議員よりも勤続年数が長いため、特権意識をもってしまう。そして自分たちの既得権益を最優先にして、それを死守しようとするまでになった。だから官僚も議員と同様、四年制にすればよい。そうすれば特権意識をもつまでには到らないであろう。また、更改時の試験は、すべて論文形式にすることだ）

そんなふうに思念したのだった。

（では、社会のための一つの法律とは？）

（それはもう決まっている。『国民及び住民投票による採決法』である。ダムを造るかどうか、ゴミ処理場を造るかどうか、基地を撤去するかどうか、そういう大問題は、住民投票によって決める。イラクの自衛隊は撤退すべきかどうか、それらの問題も国民投票によって決めるとよいであろう。さしあたりこの六つの法律で、本当の構造改革がはじまる）

（大切なことは、流血の惨事を招くような革命騒ぎは、起こしてはならないということだ。すべて選挙戦で戦って、多数決の原理で決めること。「理に勝つ法はあれど、法に勝つ理はなし」という諺をしっかり頭に入れて、そのような善法をつくるために選挙戦を戦うのである。保守派は自衛隊のイラク派遣に際して［特措法］をつくって派遣した。その例からもわかる通り、［悪人は悪法つくって悪をなす］のである。とすれば［善人が善法をつくって善をなす］こともまた可能なわけで、ぜひともそうしなければならない。もしも善意ある人々が、その善意を法文化しないとしたら、それはけっして実践できないので、絵に描いた餅、偽善になってしまう）

そのために日本の女性たちは起ち上がるであろう。それが《太陽を着た女》で、日本の女性を意味している。黙示録の十二章には、こう預言されている。

《また、大いなるしるしが天に現れた。一人の女が太陽を着て、足の下に月を踏み、その頭に十二の星の冠をかぶっていた。この女は子を宿しており、産みの苦しみと悩みのために泣き叫んでいた。また、もう一つのしるしが天に現れた。見よ、大きな赤い竜がいた。それに七つの頭と十の角とがあり、その頭に七つの冠をかぶっていた。その尾は天の星の三分の一を掃きよせ、それらを地に投げ落とした。竜は子を産もうとしている女の前

に立ち、産まれたなら、その子を食い尽くそうと構えていた》

それから二十一章には、こう預言されている。

《また、御座から大きな声がいうのを聞いた。「見よ、神の幕屋が人と共にあり、神が人と共に住み、人は神の民となり、神自ら人と共にいまして、人の目から涙を拭いとってくださる。もはや死はなく、悲しみも叫びも痛みもない。先のものがすでに過ぎ去ったからである」》

新しいエルサレムとは［新しい市民生活場の理念］のことである。日本の女性たちの政治運動によって、新しい市民生活場の理念が天から降りてくる。それが着飾った花嫁たち＝政治活動する女性たちなのである。彼女たちが六つの法律を議会に持ちこんで、可決成立させる手はずになっている。そのようにして新しい精神世界、新しい世界観が実現するのである。つまり戦争も飢餓も貧困も病気もない世界の到来だ。それはぼくが追い求めてきた理想でもあった。

○生協主義

自分がやっていることを外から見ると、あぶれ者のノラクラ生活ということになる。定職もなく技能もなく実績もない。どうにも始末のわるい怠け者というわけだ。日雇いをしていると、見知らぬ他人はそんな目で見るのである。つまり社会からドロップアウトして、みなのために労働するという責任を果たしていないと、そう見なすのだ。

しかしぼくにも言い分はある。もしも社会全体が悪行によって、自滅へと転がりつつあるとしたら、そのような全体の中では、可能なかぎり制動をかけて、反動作用を与えなくてはならない。みながみな同じ方向へ突っ走るとしたら、自滅への速度は加速されてしまうからだ。そこでブレーキをかけて、できるだけ減速し、速度を遅くしようとする。それが正常な行動ということになるのではなかろうか。

また、みんなが向かっている方向とは、まったく逆の方向へと動く。全体の背後で、ノラリクラリしているだけではない。更生の方向へと引っぱろうとする。もちろん、そのような反動的行動を「よいこと」と思ってやっているのだ。社会の動向が百八十度、方向転換するとしたら、フリーターのようなびりっけつが、トップをいくことになるであろう。

資本主義が自滅するなら、可能なかぎり反資本主義的でなければならない。とはいっても、共産主義でなければならないということではない。ぼくは共産党支持者ではない。ショーロホフの『静かなるドン』を読んで、血で血を洗うような革命闘争の非道さを知っているからだ。革命騒動は受け入れがたいのである。

「産みの苦しみだから、血を流すこともやむを得ないのではないか?」

そういいはなつ者もいたが、ぼくはぜったいに賛成できない。

では、資本主義に代わるどんな制度を考えたらいいのだろうか? そんなことを考えて悩んでいたら、次のような夢を見たのだった。

《ぼくは風呂に入っていた。アパートの共同風呂で、とても狭かった。二、三人が入ると、身動きもとれないほどだ。だから急いで入浴して、サッサと出なければならない。

湯船につかっていると、顔見知りの男が入ってきた。

(誰も入ってなくてよかった)と思っていたのに、遠慮なしに入ってきた。しかも体を洗うのを忘れて、いきなり湯船に入ったのだ。

「ちょちょ、ちょっと、湯がこぼれるじゃないか!」とぼくはいった。

(他人《ひと》が入ってる時は、遠慮しろよな)と思ったが、それはいわなかった。

狭くて小さな湯船に二人でつかっていると、足や膝がぶつかった。

(狭いのに、交代で入ればいいものを…)と思ったが、それもいわなかった。

同じアパートの住人だから遠慮したのである。顔はすぐ目の前にあって、息がかかるほどだ。あまりに近すぎるので腹が立った。サッと遠慮なく立って湯船から出た。すわって手拭いに石鹸をつけて、体をゴシゴシやっていると、彼も湯船から出てきた。

「ちょちょ、ちょっと、まだ、湯船に入ってろよ。狭いんだから」とぼくはいった。

「しようがないよ」といい返された。

(鈍感なのか？　バカにしてるのか？)と怒りそうになった。

「あ、おれの石鹸を使っている！」と、彼は石鹸箱を突きだしていった。

「え？　す、すまん」と謝った。

(腹立たしいやつの石鹸を使うなんて、ひどいヘマをやらかしたもんだ)

「これ、グニャグニャだけど、使うか？」と、ぼくは自分の石鹸をさし出す。

「グニャグニャでもいいよ」と、彼はいう。それを彼の石鹸箱に入れてやった。

「ぼくはどうやら、イライラしていたようだ。休みだから街へ出たんだけど、ちっとも面白くなくてムシャクシャしてもどってきた。だから…」と、弁解がましくいった。

気分が直ったら肘がぶつかっても、泡がかかっても、平気になった。

「そういえば、おれもイライラしてた。日曜日なのに出勤でよ。すまんかった」と彼もいう。

「こっちはバタバタと働いてるというのに、むこうはノラクラ遊んでやがると思って、その不公平さに、つい腹を立ててしまった。世の中が生活協同体にでもなれば、こんな不公平もなくなると思うんだが…」

「生活協同体？」と、ぼくは聞き返した》

そう話しているうちに、夢から醒めたのである。だが、「生活協同体」という言葉は、はっきりと耳に残った。そこから生活協同体＝生協主義について考えはじめたのだ。

富裕者がいなくなれば、貧困者はいなくなる。貧困ゆえのストレスがなくなれば、病人はいなくなる。病気がなくなれば、医者はいらなくなる。また、戦争がなくなれば、兵隊はいらなくなる。兵士がいらなくなれば、余計な出費もなくなって豊かになる。

『ラムー船長から人類への警告』（久保田寛斎著）には、次のように記されている。

「国家予算の多くの部分は軍事費、公益事業費、国債費、政府費用などに当てられ、残りの少額が教育、保健機関、農業などの公益目的のために使われている。もし、これらの全ての予算が道路、学校、病院、教会、研究所、公衆衛生、新生工業、住宅計画、宿所、医療、運輸などに使われたとしたら、また、非生産労働者の全てが、新しい生産業に向けられたとしたら、（中略）どのように社会は変わるだろうか。社会の構造が変わればラッシュ時に道路がふさがる交通事情が消えて、燃料も時間も節約になる。全生涯で一年も働けば、地球一の金持ちより楽に暮らせるだろう」

そう、生活協同体の中で、みんなが生産的な仕事をすれば、社会全体が豊かになる。協同で働いて、エネルギー等分配則にしたがって、平等に分けあうとしたら、一日四時間も働けば、衣食住の必需品はすべて賄《まかな》えるであろう。

「他の惑星に住む人類社会は、地球の人類社会のように資本主義体制ではないことをまず頭に入れる必要がある。彼らの社会に不平等は全くなく、すべての人々はそれぞれに合った役目をこなして社会の中で生活している。全ての人々の生活水準は皆同じで、一部の人々が金持ちだったり貧乏だったりということはないのである。すべての生活必需品は全体の社会から支給されるため、金銭は存在しない」

まさに、理想的な協同体社会といえるものだろう。そうなのだ。資本主義がなくなれば、戦争も貧困も飢餓も病気もなくなる。そうして「等分配則＝隣人愛＝経済産業」の熱愛エネルギーに充満した理想社会が実現するであろう。

「そんな理想郷など、できるはずもない」と学者はいうかも知れない。

「それこそがユートピア。どこにもない場所だ」と知識人はいうかも知れない。

しかし、そうだろうか？　たとえば［銀行国有化法］という法律をつくって、紙幣の印刷発行権を国家財務省が掌握すれば、資本家はいなくなる。蓄積された資本があるからダメだというなら、［私有財産上限枠法］という法律をつくればよい。上限を超えた分は国家財務省が没収するという法律だ。この二つの法律で、資本主義の経済制度を生協主義の経済制度へ、百八十度、方向転換できるはずなのだ。制度なんて、法律をつくって方向性を定めさえすれば、すぐにでも切りかえることができる、のではなかろうか。

黙示録の預言によると、資本主義の中心地ニューヨークが壊滅すると、新しい天と新しい地が現れるという。

《また、聖なる都、新しいエルサレムが夫のために着飾った花嫁のように用意をととのえて、神のもとを出て、天から降ってくるのを見た》

新しいエルサレムとは、新しい都市のことだ。都市とは［市民生活の場の理念］という意味をふくむ象徴である。それが天の太陽神のもとから、アイディアとして降臨してくるという。ぼくはそれらのことを『ユパの博物誌』（現代の神話シリーズ3）の中で展開した。また『天から町がふってくる』（現代の神話シリーズ5）の中でも書いておいた。

○ 666《ろくろくろく》の悪魔

心理次元では、時空間はさしたる意味をもたない。心や魂、霊や神は、永遠の存在なので、時空間を気にしないのだ。自由自在に、遠い過去も遙かな未来も、つねに現在時として生きる。いま現在いる場所での、この一瞬一瞬こそが心理的時空間なのである。

それについてもっと述べるとしたら、こういうことになる。たとえばあなたはいま、この本を読んでいる。文字を目で追いつつ、書かれている内容について忖度《そんたく》し、描かれている情景を想像している。そのような心的状態は、すでにして心理次元にあって、そこでの時間を過ごしていることになるのだ。読書だけにかぎらない。映画を見ている時や音楽を聴いている時も、そうなのである。

たとえば『ジャンヌ・ダルク』という映画を見て、その中に没入するとしたら、あなたは十五世紀のフランス、シャルル七世時代を生きたことになる。ジャンヌ・ダルクと共に、オルレアンの戦いを経験したのだ。心や魂が、つねに現在時を生きるとは、そういうことなのである。

物理的時空間と心理的時空間があることについては、次のような例を示そう。

たとえば映画を見おわって外へ出ると、もうそこは現在時の街で、映画の中の空間とは異なっている。だから違和を感じる。映画の中の空間から、いきなり現実の中の空間へテレポートして、浮遊感をともないながら、違和を感じるのだ。もちろん時間にもズレを感じる。それが心理的時空間と物理的時空間の違和でありズレであり、齟齬《そご》であり相違なのである。相違がなかったら、それを感じとることも不可能ではなかろうか。

なぜ、そんなことをクドクドと話すのかといえば、じつは夢を見ている時、魂は心理的時間を生きているのだといいたいからである。しかも心理次元では、物理法則は無効となって、心理法則だけが有効。したがって瞬間移動も遠隔透視も、空中浮遊も遊泳飛行も自由自在なのである。それに永遠の生命をもっている。

ぼくは一九七二年以来、夢を見ては、それを記録してきた。

最初の頃、夢見はいつも受動的であった。しかし夢を見つづけていると、夢見の能力も発達する。夢の中でも想念によって、自分の意志をつらぬくことができるようになる。それをユングは［能動的想像］といっている。つまり受動的な夢見から、能動的な夢見に進歩させることができたのだ。

ぼく自身、魂として成長したわけである。

夢は心理的時空間だといったが、ユングは集合的無意識といっている。要するに霊界である。あるいはあの世、彼岸といってもよい。または超現実、精神世界といってもよいであろう。とにかくそこは心理次元であった。物理次元の地球と重なりあった世界なのである。そのようにして世界は開かれ、そして広がっていった。

じっさい、世界というのは観念である。それは社会観とか人生観とかと同様の、世界観という観念によって成り立っている。そして観念は心理的時空間に所属する。人間は肉体的には地球に連結し、精神的には世界に所属して、二つの次元にまたがって、同時に生きているのである。そこでは父なる神や、知的存在としての宇宙人にも出会う。

その頃の夢にも公安警察が現れて、執拗に追跡し迫害したものだった。ゴマンといる公安がアパートへ踏みこんできたこともあった。ぼくは部屋の窓から外へ飛び出して逃げる。彼らは飛行能力を身につけていなかったので、助かった。けれども追跡と迫害がつづくと、対応も変わってくる。分析と洞察によって知恵もついてくる。

逃避は闘いを避けるためであった。鳥のように翼を駆使してパッと逃げる。鳥は不安を感じれば、すぐに飛び立つ。［不安本能→臆病習性］が鳥の性質で、ぼくは［鳥］であったのだ。［防衛本能→闘争習性］が獣の性質で、公安は［獣］であった。

鳥にはなりたくなかった。かといって獣にもなりたくなかった。だが、彼らは広域組織暴力団のように勢力があった。ぼくは単独者で何の力もない。ただ、不死身であるという利点だけをもっていた。それで勇気を出し、能動的想像によって、夢の境地へ舞いもどっては、対決するようにしたのだった。

（魂が永遠なら、どんな迫害にも平気だぞ！）と、石のような固い意志で臨んだものだ。

すると今度は、彼らのほうが慌てふためいた。能動的想像に依拠すれば、思いのままに行動することができる。天の光体、太陽神を呼びおろして、真理の光と、熱愛エネルギーを浴びることもできた。ぼくは平気であったが、彼らは一瞬にして消えた。闘わずして敵を撃退できたのだ。そのようにして獣と闘った。闘いはじめると父は喜んだ。そして武器として鉄の杖をくれたのだった。

「闘争ばかりやってると、習性が身について、獣になっちゃうよ」とぼくはいった。

「それだったら、濫用しないようにすればよい」といって、知恵をつけてくれた。

鉄の杖は、真の剣になれと念じると、それになった。真実のペンになれと念じると、それにもなった。孫悟空の如意棒より、もっとずっと便利であった。

そのようにして獣と闘っているうちに、黙示録の獣の正体がわかった。国外の敵には軍隊兵士を差し向ける。だが、国内の敵には公安警察を差し向ける。それらが資本主義の竜を守る獣だったのだ。

竜とも闘った。それは巨大になった蛇でもあった。古い蛇が頭角を現し、活動能力を身につけると、角と手足がのびて竜となるのである。それを一刀のもとに切りすてた。そんなことで、ついに［666《ろくろくろく》の悪魔］を特定し、それに肉薄していったのだ。

資本主義はイギリスの産業革命によって始まった。そこで大きな役割を果たしたのが、大銀行家のロスチャイルドであった。王家ロイヤル・ファミリーの庇護のもとで大発展をとげ、シテイーバンクの全盛時代を築いたのだった。

第二次世界大戦中、ロスチャイルドはナチスの攻撃によって痛手を被《こうむ》った。同族のユダヤ人六百万の大虐殺。それは致命的な痛手であった。さらに大戦後、本家のフランス銀行がドゴール大統領によって国有化されてしまった。

そうして勢力はアメリカへと移っていった。ロスチャイルドが育てたロ

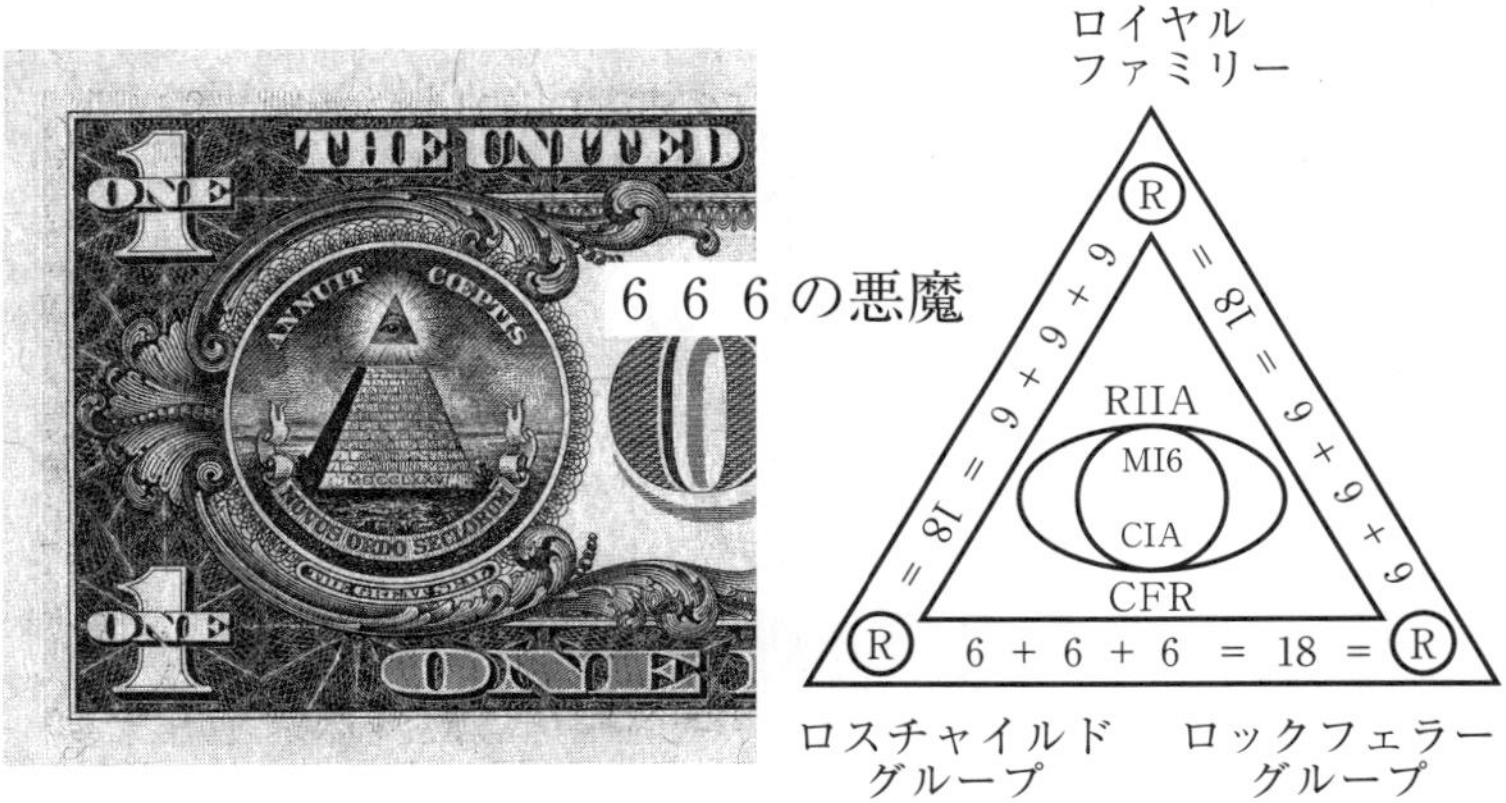

※RIIA=Royal Institute of International Affairs　王立国際問題研究所
CFR=Council on Foreign Relations　外交問題評議会

ックフェラーの全盛時代となったのだ。

　いわばイギリスのロイヤル・ファミリーは資本主義の産みの母。ロンドン・シティーバンクのロスチャイルドはその夫。アメリカのロックフェラーは息子である。日本の三井・三菱・住友は、その孫に当たるであろう。

　ロイヤル・ファミリーとロスチャイルド・グループとロックフェラー・グループの頭文字はR・R・R。そしてRはアルファベットの十八番目の文字。それをさらに突きつめると、6＋6＋6＝18で、この三家族がそれに相当するのである。画竜点睛を欠いてはつまらないと思うので、その図も入れておくことにしよう。

夢の中での闘いは精神世界での闘いであった。物理次元での闘いではないから、実効性はないはずである。映画の中の闘いと同じで、効果もなく効力もないと思われた。はたして、それはこれから現れるのだろうか。

その闘いの記録は『アジト戦記』（現代の神話シリーズ3）や、『ママチャリ世界旅行』（現代の神話シリーズ4）に載っている。

――聖書について――

○ 主従愛

ぼくは十三歳の時から聖書を読んできた。聖書から心の糧を得て育ったといっても過言ではない。読んでみればわかることだが、聖書の文言といえども完璧なものではない。したがって誤解も生じる。その度に、抵抗し抗議した。反論もしたし家出もしたのだった。

「見よ、わたしはすべてを新しくする」という、兄イエスの言葉だけが唯一の希望であった。その頃から「預言の声」というパンフレットを読んで、終末思想に染まっていった。

（それは今にも、やってくるのではないか？　次の瞬間にも…）と、いつも怯えていた。

考えてみれば、終末とは死のことでもあった。死はいつ訪れるか、当人にさえわからないことである。だから覚悟をもって、それに対処しなければならない。

それはどういうことかというと、要するに自分で自分を救うことである。この世を去ったあとで、親神の下に帰れるよう、つねに備えておくことなのだ。簡単にいえば自己救済である。地球が破壊されようと、世界が滅亡しようと、まず、自分で自分を救済しなければならない。それが基本である。その上で、他者の救済ができるのであれば、そうすればよい。力及ばなくて、できないのなら、それでも構わない。

救済という言葉が大げさに聞こえるなら、心の永生を保つという表現に換えてもよい。あるいは心の保健衛生に気を配るといってもよいだろう。または動物原則を生きる悪人どもの、その悪に染まらないようにする、といってもよい。さらには自らの意識を上昇させて、動物性から心霊性へと意識次元をアップさせること、ともいえる。それらは全部同一のことであり、そして連結しているのである。

「なぜ、戦争がダメなんだ？」と反論する者がいることは、おおよそ推測できる。

「なぜ、人を殺してはいけないか？」と質問する小学生もいるほどだから、当然のこと。

人々は物事の道理がわからなくなっている。そんな世の中になってしまっているのだ。

われわれはこの世で、動物みたいに生存競争をしているから、そうなってしまったのであろう。弱肉強食、適者生存、自然淘汰というのが、資本主義経済のルールだ。動物原則が政府公認のルールになっている。だが、それを批判することはタブー。あえて批判すると反体制になってしまって、尾行され、追跡され、圧迫される。国民のみんなは、それを察知して、反動にならないよう自己規制をしている。波風を立てまいとしている。

動物性を生きる者には、心霊性というのがさっぱりわからない。心霊性とは、心から魂へ、魂から霊へと発達していく霊長としての存在、つまり自己主体のことである。それは少年少女から青年男女へ、青年男女から成人夫妻へと発育していく過程と同じである。

親の庇護なしに子供は育たない。同様に、心も神の庇護なしでは育たない。心の生育にも、衣食住が必需なのである。衣とは信念信服のことだし、食とは摂取すべき心の糧のこと。そして住とは安住の家庭のこと。それらは親神が提供してくれる。だが、神への信仰を失っているとしたら、どうやってそれを得ることができようか。

子供の心は発達して、魂の青年となる。魂の青年は世の中に出て働くことができる。子供はまだ働けないにしても、青年ともなれば、働くことができるのだ。道理の筋道を直すという道路工事や、論理の建物を建てるという建設工事、そういう工事現場で働くことができるようになる。そこに心と魂の相違があるといってよい。

魂の青年がそんなふうにして働いていると、相思相愛の異性に巡り合う。

無我夢中で愛しているうちに、天から子宝が授かる。するともはや、自分と伴侶と子供の区別はない。無我夢中で愛しているという、その状態こそが霊的な存在なのである。そこに魂と霊の差異があるのだ。霊の成人になると、労働はもちろんのこと、自らにそっくりな分身を産むことだって可能になるのである。

だが、哀しいことに世の中は、動物性の生存競争を原則にしている。そして熱愛エネルギーの法則は蹂躙《じゅうりん》されてしまうのだ。等分配則＝隣人愛は無視されて、経済は荒廃しつつある。接触伝達則＝結婚愛は破壊されて、社会に離婚は増えつつある。不可逆則＝親子愛は等閑にされて、教育は崩壊しつつある。すべては永久保存則＝主従愛への無知が招いた政治上の災禍なのである。

主従愛とは、どんな愛か。それは心による体への愛である。心は体に宿っている。ところが体は動物から進化してきたので、ＤＮＡに遺伝情報を保有している。それが動物性である。心の発達のためには、この動物性の飼い主となって服従させ、操縦し、自治するのでなければならない。もしもこの主従関係が逆転して、動物性に引きずられるようなことがあれば、ヒト科動物になり果てて、心霊性の永久保存はなしとげられない。ということは餓鬼畜生として死ぬのである。

主従愛による自治を拡張して、集団全体に当てはめたのが自治政治である。ところが、資本主義の政治は金銭資本への欲望主義がルール。全体が虫性を生きることになっているのである。虫性とは、アメーバ＝卵子時代の遺伝情報である欲求本能を、欲望習性にまで増殖させた性質のことだ。この性質のまま生きると、虫として自滅するのである。

虫の筆頭は爬虫類の竜。世界は巨竜に支配されている。その巨竜に雇われているのが獣だ。獣性とは獣の時代の遺伝情報である防衛本能を、闘争習性にまで増大させた性質のこと。つまり公安警察や軍人兵士のことである。そのような職業に馴染んでいると、獣性が身についてしまって、獣として自滅するのである。

動物性には他にも、鳥性とか魚性があるが、ここでは省略しよう。とにかく心と体は、どちらが主で、どちらが従か、主従関係はどうなっているのかというと、心が主で体は従である。というより、そうあるべきなのだ。そうでないと永久保存則＝主従愛＝自治政治がないために、自滅してしまう。そうなってもよいというのなら、ぼくはもう何もいうことがない。聞く耳があるなら、聞いてほしいと願うばかりだ。

自治政府、それが政治の理想である。もちろん生協主義の経済も理想である。それらはユートピアのように、どこにもない場所、いまだ実現されていない生活環境だ。でも、中学生の時から、それがぼくの理想であった。『オキナワの少年』には、汚れきった町から無人島へ逃れようとする、少年の希望が描かれている。その頃からの夢なのだ。じつに五十年の人生をかけて、首尾一貫、追求してきた夢なのである。そしてそれは悲願でもある。

○神話

本のなかで、いちばん好きなのが聖書だ。それは机の上にある。聖書といえば、世間の人はキリスト教の教典、という先入観をもっているかも知れない。しかしそれは違う。ヘブライ神話である。ギリシア神話と双璧をなす、もう一つの神話。一種の文学作品なのである。

そう思って読むと、感動的なシーンがいっぱいある。神が人に話しかけるというのもよい。神（エロヒム）とは宇宙人のことかも知れない。と、そう思って読めば、何十万年も前から、地球人に関わってきた宇宙人のことが、よくわかるような気がする。

ぼくが読んでいる聖書は、講談社から出版されたバルバロ神父の訳本である。聖書協会から出ている聖書は、文学味がとぼしくて、あまり好きではない。文章も訳者によって、ずいぶんと違ってくる。その証拠に、文語訳と口語訳を読みくらべてみれば一目瞭然。

『元始《はじめ》に神天地を創造《つく》りたまえり。地は定形《かたち》なく空《むな》しくして、黒暗淵《やみわだ》の面《おもて》にあり。神の霊水《れいみず》の面を覆《おほ》ひたりき。神光あれと言給《いいたま》ひければ光ありき』

とある。

ところが口語訳では、次のようになっている。

『はじめに神は天と地とを創造《そうぞう》された。地は形なく、むなしく、やみが淵《ふち》のおもてにあり、神の霊が水のおもてをおおっていた。神は「光あれ」といわれた。すると光があった』

ぼくは中学二年、十三歳の時に、はじめて聖書を読んだが、それは文語訳であった。

夕方、食事をすませたあと、沐浴《もくよく》をして体を清めてから読むよう習慣づけた。繰りかえし読んでいるうちに、冒頭の文章は暗唱できるほどになった。ところが後になって、口語訳を読んでみたら、文章がなんとも軽々しくて、なじめなかった。

「訳によって、違うのだな」ということがわかった。だから聖書の言葉を一字一句、まっとうに受けとめて、その通りに信じこむのは、やめようと決めた。文学作品を読む時と同じように、自由に読んで、自在に感受すればよいと、そう思った。

ヘブライ神話にはたった一人の神が登場するので、神秘的な雰囲気があった。神気にみたされていて、なんともいえず身がひきしまった。神と一対一で対峙しているような感じであった。それまでに『ロビンソン・クルーソー』や『少年倶楽部』などを読んではいたが、これほど神気や霊感が強く感じられる作品は、読んだことがなかった。

以来、作品を読むたびに霊感を求めた。霊感のない作品は読む気にもなれなかった。少なくとも、神気が感じられない作品はダメだと決めつけて、読もうとはしなくなった。

聖書を読むからといって、キリスト教徒であろうと、決めつけはいけない。教会には中学の頃、二、三度いってみたきりで、キリスト教会の信徒ではないのだ。聖書もヘブライの神話として、読んだだけのこと。けれども、それはぼくにつよい影響を与えた。

聖書は現在も座右の書となっている。そこに登場する神は、精神的な意味で、ぼくの父であり親である。そうするとイエスは兄ということになる。

一人、部屋で祈る時は「父よ」と呼びかけ、「兄よ」と語りかける。夢の中では、父や兄が登場して、なんだかんだと話しかけて、いろいろと教えてくれる。『現代の神話』シリーズを書くには、欠かせない存在である。

○ 厳父

父なる神とは［有りて在る《ヤハウエ》］という名の神である。旧約聖書に登場するユダヤ教の神だ。

この神は父権意識の強い神で、この上もなく厳格であった。神の命令である［十戒］を尊んで、それを守り行うならば、千代にわたって恩寵を与えるが、もし、それを破り、捨て去るならば、三代で滅ぼしつくす、という神なのだ。恐ろしいといえば、恐ろしい神。けれども、その厳しさのなかには、強い意志と並々ならぬ期待が感じられて、ぼくはその命令にしたがった。十戒を尊んで、守り行った。

厳しい父だから、ぼくは父のそばに母を求めた。しかしながら、聖書をどんなに丹念に読んでも、母なる神は登場しなかった。父のそばには母がいるはずなのに、出てこないのだ。それが父神の欠点でもあり、ユダヤ教の欠陥でもあった。

（なぜ父だけがいて、母はいないのか？　母は離婚されて追い出されたのか？　母がいれば、父の厳しさにも耐えられるのに）と、何度も思った。

父がいるなら、母もまた、いなければならない。両性の結合によって子は生まれ、両親の世話をうけて子は育つはずのものだ。なのに母は存在せず、父だけが厳しく躾《しつけ》るのだ。そこでぼくは不満をかこって家出をする。父に背いて家出し、外の冷たさと頼りなさに打ちひしがれてもどってくる。そんなことのくりかえしだった。

それを補填《ほてん》したのが夢であった。夢のなかでは父母がいて、父の厳しさを母の優しさが補った。だから耐えられたのだ。夢には兄と姉と妹も登場した。そのなかに紛れこんで、厳格な父の目から逃れた。たとえば、ある日の夢をここに再現してみよう。

《部屋のなかで、ぼくはベッドに寝ている。そばには姉が寝ている。姉はぼくに脚をもたせようとしたが、遠慮してすぐに下ろした。妹がドアから入ってきた。金髪のかつらに貴婦人の帽子をかぶって、化粧をしている。帽子から薄いヴェールをたらして、顔を隠している。いたずらっ気のある妹は、お芝居のマネをしているのだ。それを父が見とがめた。

「それはなんだ？」

そして帽子とかつらを手で払った。笑っていた妹はびっくりし、それから泣いた。ベッドに身を投げて泣いた。兄が部屋に入ってきて枕元にすわった。

「同じでしょ？」と、ぼくは兄に訊いた。

「うむ」と、兄はあいまいに答えた。それでぼくは父にいったのだ。

「みんな同じです。もし、その罪を責めるのでしたら、きりがないでしょう？」

父はぼくに向かってきて、のしかかってきていった。

「そうか」

父のくわえタバコの火がぼくの口に触れそうだった。いまにも口を焼かれそうだった》

それが父なのである。妹と同じに、ぼくも涙を浮かべて抗議する。

ユダヤ・キリスト教世界は父権社会である。母権はその下にあって、夫唱婦随となっている。そこから男性の力社会も生まれたといってよい。この社会では力のある者が支配し、力のない者は隷属となる。力とは体力だけを意味しない。知力、財力、能力、腕力、権力、兵力、国力、圧力、労力、学力、活力、蛮力、実力と、さまざまな力があるのだ。

そのようにして父権社会は、力関係による支配と被支配を生んだ。男性主導に偏っているのだ。男女の不平等も女性への蔑視も、そこに根ざしているのではないだろうか。戦争やテロや生存競争が絶えないのは、そのせいではないだろうか。

カトリックが「母権」や「母なる神」を承認したのは、二十世紀になってからである。プロテスタントはいまだに承認していない。とにかく徹底して男性上位、力関係の階級社会なのだ。力を信頼してやたらと行使したがる。そこに問題が発生したといっても過言ではなかろう。そんなわけで、何度、父に抗議したことか。

男性が思考的だとしたら、女性は感情的である。男性は思考観念によって物事の因果関係をもとめ、女性は感情情念によって同調関係をもとめる。もしも思考観念だけが尊重されて、感情情念が軽視されるとしたら、因果律の壁が越えられず、ついには因業のカルマで滅び去るであろう。じつは壁を破るのは女性たちの同調律。熱愛エネルギーこそが、それを破る力なのだ。しかも太陽神に共鳴し同調してのことだから、その力は百万倍にパワーアップする。同調律のすごさが遺憾なく発揮されるわけである。

○ 黙示録

ぼくの胸内から哀しみが消えたことはない。子供たちのことを思って、あーと呻き、アフガンやイラクの母子たちのことを思って、あーと嘆く。世界人類のことを思って、あーと嘆息し、資本主義の苛酷さを思って、あーと慨嘆する。いつものことである。

世界から戦争や飢餓や貧困や病気がなくならないかぎり、ぼくの哀しみが消えることはないであろう。もっと端的にいえば、資本主義が終焉《しゅうえん》しないかぎり…。

そう、いずれ資本主義は終焉する。それについては黙示録の十七章にちゃんと書いてある。それを引用しながら、解説をまじえて、意訳を述べてみよう。じつは預言の言葉は、詩的言語のように比喩象徴にみちていて難解。だから解説と意訳が必要なのである。

《それから七つの鉢をもつ七人の御使いのひとりが来て、わたしに語っていった。

「さあ来なさい。多くの水の上にすわっている、大淫婦に対する裁きを見せよう。地の王たちはこの女と姦淫を行い、地に住む人々は、この女の姦淫のブドウ酒に酔いしれている」》

［解説と意訳］

（御使いのひとりが来て、わたしにいった。

「さあ、来なさい。思潮の海上、情報の海の上に座している大淫婦、お金のためなら誰とでも交接する商売女、［大商業主義の都市］への裁きを見せよう。この都市はキリスト教国の都市とはいいながら、ブドウ酒に酔ったみたいに、愚か者となっている」）

《御使いは、わたしを御霊に感じたまま、荒野へ連れていった。わたしはそこで、ひとりの女が、赤い獣に乗っているのを見た。その獣は神を汚すかずかずの名でおおわれ、それに七つの頭と十の角とがあった》

［解説と意訳］

（御使いはわたしを公害汚染で荒廃した地へ連れていった。そこに一つの都市が、赤い血に染まった獣、つまり［闘争習性の軍事力］に乗っかっているのを見た。その軍事力は神を冒瀆するかずかずの言葉におおわれ、首《サ》脳会議《ミット》の先進七カ国と、それに加盟したEUとロシアと中国［合計十カ国］とがあった。彼らは軍事力の頭角を現していた）

《この女は紫と緋の衣をまとい、金と宝石と真珠とで身を飾り、憎むべきものと自分の姦淫の汚れとに満ちている金の杯を手にもち、その額には、一つの名がしるされていた。それは奥義であって［大いなるバビロン、淫

婦どもと、地の憎むべきものらとの母」というのであった》

［解説と意訳］

（この都市は、ニューヨークの旗に見られるように紫と緋色の衣をまとった女で、金銀財宝で身を飾り、大金持ちの象徴である金の杯を手にもっている。その額には「大いなるバビロン」、すなわち「ワンワールド・オーダー」によって世界を一極支配しようとする大それた計画」というロゴがあった。また「公害による汚染と戦争による荒廃とを産んだ母体＝軍産複合体《コングロマリット》を擁する資本主義の超大国」というマークもつけていた）

《わたしはこの女が聖徒の血と、イエスの証人の血に酔いしれているのを見た。女を見た時、わたしは非常に驚き、怪しんだ。すると御使いはわたしにいった。

「なぜ、そんなに驚くのか。この女の奥義と、女を乗せている七つの頭と、十の角をもつ獣の奥義とを話してあげよう。あなたの見た獣は昔はいたが、今はおらず、そしてやがて底知れぬ所から上がってきて、ついに滅びに至るものである。地に住む者の内、世の初めから命の書に名を記されていない者たちは、この獣が昔はいたが、今はおらず、やがて来るのを見て、驚き怪しむであろう」》

［解説と意訳］

（わたしはこの都市が聖人の血と、真実の証言をした人の血に酔っているのを見た。それを見て、非常に驚き、怪しんだ。すると御使いはいった。「そんなに驚くことはない。この女を支える七つの頭と、十の角の奥義を話してあげよう。昔はいたが、今はおらず、やがて底知れぬ所から上がってくる獣とは、ロシアのことである。昔はソ連として東側諸国に君臨していたが、崩壊して国威を失ったのがロシアだからである。しかしやがて底力を発揮して台頭してくるであろう。心ない者どもは、軍事大国として復活するロシアを見て、驚き怪しむであろう」）

《ここに知恵のある心が必要である。七つの頭は、この女がすわっている七つの山であり、七人の王のことである。その内の五人はすでに倒れ、ひとりは今おり、もうひとりはまだ来ていない。それが来れば、しばらくの間だけ、おることになっている》

［解説と意訳］

（ここに知恵が必要である。七つの頭とは、資本主義の頂上《トップ》にある先進七カ国のことで、七人の首脳のことを指している。そのうちの五カ国、イギリス、フランス、ドイツ、イタリア、カナダは、その最盛期が過ぎてしまった。今、ひとりおるのはアメリカで、繁栄して超大国になっている。もうひとりは日本で、これから後、しばらくの期間だけ、繁栄することになっている）

《彼らは心を一つにしている。そして自分たちの力と権威とを獣に与える。彼らは子羊に戦いをいどんでくるが、子羊は主の主、王の王であるから、

彼らに打ち勝つ。また、子羊と共にいる、召され、選ばれた忠実な者たちも勝利を得る》

［解説と意訳］

（彼らは資本主義＝商業主義の思想のもと、意志《こころ》を一つにしている。そして自分たちの資金力と、政経学者らの権威づけによって軍事増強をはかる。資本主義を遵奉する者らは、生協主義を唱えて選挙戦を戦う子羊のような候補者たちに挑戦するが、彼女らは主従愛の主人公、天の王国から支援を受ける王女たちだから、それに打ち勝つ。また、賛同者として共に選挙戦で戦う男たちも、勝利を得るであろう）

《御使いはまた、わたしにいった。

「あなたが見た水、すなわち淫婦のすわっている所は、あらゆる民族、民衆、国民、国語である。あなたの見た十の角と獣とは、この淫婦を憎み、惨めな者にし、裸にし、彼女の肉を食い、火で焼きつくすであろう。神は御言葉が成就する時まで、彼らの心のなかに、御旨《みむね》を行い、思いを一つにし、彼らの支配権を獣に与える思いを持つようにされたからである。あなたの見た彼の女は、地の王たちを支配する大いなる都のことである」》

［解説と意訳］

（天使はまた、わたしにいった。

「あなたが見た水は生命の一衣帯水。すなわち淫婦のすわっている所とは、民族や国民の思想言語と、思潮の海上である。あなたの見た十の軍事大国とその軍隊は、資本主義の本拠地であるニューヨークを憎む。そこに666《ろくろくろく》の悪魔が隠れひそんで、思いのまま操っていたことを知るにいたるからだ。彼らは悪魔をすっ裸にし、その財産を浪費しつくして、ついには核の火を放って焼きつくすであろう。神は黙示録の大計画《プロジェクト》が、その預言通りに実現するよう計らいたまう。すなわちその日その時まで、軍隊に権威を与えて、彼らが思いを一つにし、御旨を実行するようにと計画されたのである。あなたの見た女とは、資本主義の覇者たちを支配する大都市、ニューヨークのことである」）

キリスト教国の人々は、終末思想をもっていて、人類の最期の日のことを語る。じつはそれは資本主義の終焉であって、人類の最期を意味しない。もちろん歴史の終焉でもない。

たとえばソ連の共産主義が崩壊したからといって、東側諸国の民衆が消えたわけではなかった。それと同じことだが、アメリカの資本主義が壊滅するからといって、西側諸国の民衆が消えるわけではないのだ。

アメリカは資本主義のトップ。経済と軍事においての超大国。その本拠地がロックフェラー・センタービルのあるニューヨークだ。黙示録の預言は、その滅亡と消滅を述べているに過ぎない。なのに、人々は世界の終末をいう。故意に拡大解釈して、問題点をずらしているのである。それも民衆を幻惑するための情報操作なのであろうか。

○ニューヨーク

資本主義の経済制度はもうじき滅びる。資本主義の中心地ニューヨークは、必ずや滅亡するであろう。そのことは黙示録の十八章に預言されている。十七章が大淫婦への定義なら、十八章はその滅亡の様子を預言しているのである。

それは次のように書かれている。あわせて解説と意訳も述べてみよう。

《この後、わたしはもうひとりの御使いが、大いなる権威もって、天から降りてくるのを見た。地は彼の栄光によって、明るくされた。彼は力強い声で、叫んでいった。

「倒れた。大いなるバビロンは倒れた。そしてそれは悪魔の住む所、あらゆる汚れた霊の巣窟《そうくつ》。また、多くの憎むべき鳥の巣窟となった。すべての国民は、彼女の淫行に対する激しい怒りのブドウ酒を飲み、地の王たちは彼女と姦淫を行い、地上の商人たちは彼女の贅沢によって、富を得たからである」》

［解説と意訳］

（この後、わたしはもうひとりの御使いが、精神世界から降りてくるのを見た。地は彼のもっている、真理の光によって明るくされた。彼は大声でいった。

「倒れた。世界を一極支配しようと目論んでいた大都市、ニューヨークは倒れた。６６６《ろくろくろく》の悪魔の巣窟。ＣＦＲやＴＣ（＝Trilateral Commission 日米欧三極委員会）やＦＲＢ（＝Federal Reserve Board 連邦準備制度理事会）によって、ワンワールド・オーダーへもっていこうと企んでいた闇の権力者のアジト。憎むべき戦争の鳥、白頭鷲《イーグル》の軍隊を養っている大資本家の拠点となっていたから、倒れたのだ。すべての資本主義国の民は、その貪欲な商業主義に呑まれて「汝、貪るなかれ」という戒めを忘れて、酔っぱらいのような痴《し》れ者となっていた。各地の企業主たちは彼女と交接し、大企業の総合商社は、その贅沢な浪費によって、大きな利益を得ていたものだが、それが神の激しい怒りを買ったのである」）

《わたしはまた、もう一つの声が天から出るのを聞いた。
「わたしの民よ、彼女から離れ去って、その罪にあずからないようにし、その災害に巻きこまれないようにせよ。彼女の罪は積もりにつもって、天に達しており、神はその不義な行いを覚えておられる。彼女がしたとおりに彼女に仕返し、その仕業に応じて二倍に報復し、彼女が混ぜて入れた杯の中に、その倍の量を入れてやれ。彼女が自ら高ぶり、贅沢を恣《ほしいまま》にしたので、それに対して同じほどの苦しみと悲しみとを味わわせてやれ。彼女は心の中で、『わたしは女王の位についている者であって、寡婦《やもめ》ではないか

ら、悲しみを知らない』といっている」》

〔解説と意訳〕

（わたしはまた、もう一つの声が精神世界から出るのを聞いた。

「善意ある民よ、ニューヨークから離れ去って、その貪欲な利潤追求の罪悪に荷担しないようにし、神の怒りによる災害に巻きこまれないようにしなさい。その罪悪は積もりにつもって、精神世界にまで達している。神はその不正な行いを覚えておられる。だからCFRがしたとおりに仕返し、FRBの仕業に応じて、二倍にして報復してやったらよい。TCが混ぜて入れた毒杯に、その倍の量を入れて呑ませてやれ。私設銀行FRBは高慢になり、恣に輪転機をまわして、わずか七セントで印刷した百ドル札でもって、株投機や為替相場で略奪している。それに対して同じほどの円を発券して、金銭がもたらす苦しみと悲しみを味わわせてやれ。悪魔は胸内でいっている。

『わたしにはミツグ君という召使いがいて、まるで女王さまのように崇《あが》めている。寡婦のような者ではないのだから、悲惨なことにはならない』）

《それゆえさまざまの災害、死と悲しみと飢饉とが一日の内に彼女を襲い、そして彼女は火で焼かれてしまう。彼女を裁く主なる神は、力強い方なのである。彼女と姦淫を行い、贅沢を恣にしていた地の王たちは、彼女が焼かれる火の煙を見て、彼女のために胸を打って泣き悲しみ、彼女の苦しみに恐れをいだき、遠くに立っていうであろう。

『ああ、わざわいだ。大いなる都、不落の都バビロンはわざわいだ。お前に対する裁きは一瞬にしてきた』

また、地の商人たちも彼女のために泣き悲しむ。もはや彼らの商品を買う者が、ひとりもいないからである。その商品は、金、銀、宝石、真珠、麻布、紫布、絹、緋布、各種の香木、各種の象牙細工、高価な木材、銅、鉄、大理石などの器、肉桂、香料、香水、匂い油、乳香、ブドウ酒、オリーブ油、麦粉、麦、牛、羊、馬、車、奴隷、そして人身などである》

［解説と意訳］

（それゆえにさまざまな災害が襲いかかる。株とドルの大暴落によって、食料が買えなくて飢餓となろう。最期はテロによる原爆の火で焼かれてしまう。ニューヨークを裁く神は力強い方なのである。それと交接し、私設銀行が印刷発行した略奪具のドルを稼いで、贅沢していた資産家たちは、ニューヨークが焼けるのを見て、胸を打って慨嘆し、その苦悩に恐怖して、遠くに立っていうであろう。

『ああ、わざわいなるニューヨーク、難攻不落の大都市ニューヨークはわざわいだ。神の審判は一瞬にして下された』

また、各地の総合商社の営業マンたちも、ニューヨークのために嘆き悲しむ。というのは、もはや彼らの商品を買う者が、ひとりもいないからである。その商品とは、金、銀などの地金、宝石、真珠、布地、香木、象牙細工、木材、銅、鉄などの金属材料、大理石、陶器などの器、肉桂、香水、香料、乳香、酒類、食用油、小麦粉、大麦、牛肉、羊肉、馬、自動車、奴

隷労働者、人身などである》

《お前の心の喜びであった果物はなくなり、あらゆる派手な、華やかな物はお前から消え去った。それらの物はもはや見られない。これらの商品を売って、彼女から富を得た商人は、彼女の苦しみに恐れを抱いて遠くに立ち、嘆き悲しんでいう。

『ああ、わざわいだ。麻布と紫布と緋布をまとい、金や宝石や真珠で身を飾っていた大いなる都はわざわいだ。これほどの富が一瞬にして無に帰してしまうとは』

またすべての船長、航海者、水夫、すべて海で働いている人たちは、遠くに立ち、彼女が焼かれる火の煙を見て、叫んでいう。

『これほどの大いなる都はどこにあろう』

彼らは頭に塵をかぶり、泣き悲しんで、叫ぶ。

『ああ、わざわいだ。この大いなる都はわざわいだ。その驕《おご》りによって、

海に船をもつすべての人が富を得ていたのに、この都も一瞬にして無に帰してしまった』》

［解説と意訳］

（お前が心から喜んでいた利潤の成果はなくなって、あらゆる豪華な物資は、お前の手から消える。七セントの費用で百ドル札を印刷し、九十九ドル九十三セント分の略奪をしていたのに、もはやその方法は通用しなくなるからだ。商品を売ってドルを稼いでいた商人も、その大暴落に恐怖して、遠くに立っていうであろう。

『ああ、わざわいなるかな。紫と緋色の衣を着ているニューヨーク市旗の図案にも見られるように、金銀と宝石と真珠で身を飾っていたこの都市は、わざわいなるかな。これほどの資本財産が一瞬にして、無に帰してしまうとは』

また、交易の船舶を所有する者たちは、ニューヨークが焼かれる煙を見て、頭に塵をかぶりながら、泣き叫んでいう。

『ああ、これほど繁栄した大都市が、どこにあろうかと思っていたのに、わざわいなことだ。その驕りによって、船舶をもっている人々は働くことができて、賃金報酬を得ていたのに、それが一瞬にして水泡に帰してしまった』)

《天よ、聖徒たちよ、使徒たちよ、預言者たちよ。この都について大いに喜べ。神はあなた方のために、この都を裁かれたのである。すると、ひとりの力強い御使いが、大きな挽《ひ》き臼のような石をもちあげ、それを海に投げこんで言った。

「大いなる都バビロンは、このように激しく打ち倒されて、そしてまったく姿を消してしまう。また、お前の中では、竪琴を弾く者、歌を唄う者、笛を吹く者、ラッパを吹き鳴らす者の楽の音は、まったく聞かれず、あらゆる仕事の職人たちも姿を消し、また挽き臼の音もまったく聞かれない。また、お前の中では明かりも灯されず、花婿、花嫁の声も聞かれない。というのは、お前の商人たちは地上で勢力を張る者となり、すべての国民はお前の呪いで騙され、また、預言者の血、さらに地上で殺されたすべての者の血が、この都で流されたからである」》

［解説と意訳］

（精神世界よ、天使のように生きる聖なる自覚者たちよ、神の使徒と自認して働く者たちよ。この都市への裁きについて、大いに喜べ。神はあなた方のためにこそ、資本主義のアジトであるニューヨークを裁かれたのである。そこへひとりの御使いが現れ、大きな挽き臼のような石をもちあげ、それを海に投げこんでいった。

「大いなる都ニューヨーク、ワンワールド・オーダーで一極支配しようとしていた悪魔の拠点は、このように激しく打ち倒されて、そして姿を消してしまう。また、支配者に媚びて竪琴を鳴らす者、金持ちを慰めて唄い囃す者、笛を吹いて扇動する者、大口のラッパで号令をかける者など、そのようなプロパガンダの音声は、もう聞かれなくなる。因業なマスメディアの職人たちは消え、挽き臼のように、ガタガタと不満と抗議の音声を発する者はいなくなる。それに光明がないため、精神世界からおりてくる花嫁のような新しい町と、地上の花婿となる人々との結合祝いの声は聞かれない。というのは、勢力を張りめぐらせた悪魔は、すべての国民をプロパガンダで騙した上に、それに気づいて暴露し告訴しようとする者たちを暗殺してきた。その者らの血が露呈したのだ。また、軍産複合体《コングロマリット》の戦争商売で殺された戦死者たちの血も、ついに周知の事実となった。つまるところ、それらへの報復が、この都市においてなされたのである」)

○ ホーム・ガーデニング

子供は知らないだろうけれど、親というのはいつも子供を見守っている。

それは親としての義務である。子供が危険な目にあうと、親は飛んできて手をさしのべる。

天の神々と人間の心は、親と子である。あるいは別の言い方で表現すると、宇宙人と地球人は親子である。何億年も前から、宇宙人はこの太陽系の惑星にやってきて、火星にも金星にも入植した。もちろん地球にもやってきた。月はその宇宙航行のための母船であった。その内部は自給自足が可能な環境となっている。なかには葉巻型の母船や、円盤型の飛行体を製造する工場、修理する工場だってあるのだ。

宇宙人たちは月を基地にして、太古から地球に働きかけた。植物の種をまいて増やし、植物が地上に増えると、いろんな種類の動物を投入した。有用な微生物はもちろんのこと、おとなしい草食動物たちを投入した。そして植物が繁茂し動物が繁殖すると、宇宙人自ら入植してきたのである。それが象徴としてのアダムとイブであった。そのようにして地球人は生まれた。だから宇宙人と地球人は親と子、天の神々と人間の心なのである。

当初、地球人の寿命は宇宙人と同じで、約千年であった。そのことは創世記に次のように書かれている。

《アダムは百三十歳になった時、自分のかたどりであり、自分とよく似た子を生み、セトと名付けた。セトを生んで後、なお八百年生き、他の息子や娘たちを生んだ。アダムの一生は九百三十年であった。セトは百五歳になった時、エノシュを生み、なお八百七年生きて、息子や娘たちを生んだ。セトの一生は九百十二年であった》

その長寿命は十代後のノアまで続いたのである。

「千年の寿命なんて考えられない」と地球人はいう。それは遺伝子操作について未知だった頃の話である。現在では研究が進んで、アポトーシス（細胞死を決定する）や、テロメア（増殖を司る）や、テロメラーゼ（その酵素）などの操作によって、寿命をのばすことは可能、という見解が生まれつつある。

さて、ノアの時代には、男は欲望のままに好きな女を孕《はら》ませて、人口を増やした。そして乱暴狼藉《ろうぜき》を働く者も増えて、社会は暴力と腐敗に満ちてきた。そこで神々と宇宙人は大洪水をおこして一掃することにした。困った末のことである。

で、地軸を移動させ、極冠の氷を解かし、水位を上昇させたのである。宇宙人たちにとって地球は、自分の庭園《ガーデン》みたいなもの。介入も処置も当然のことであった。ただしノアと三人の息子セム、ハム、ヤペテは種として残すことになった。彼らが思慮深く、柔和で、善良な性質だったからである。そこでノアに箱船をつくらせ、役畜の雌雄と良い動物の雌雄を乗せるよう命じた。

四十日間、雨がふりつづき、大洪水となった。ノアとその妻、息子たちとその妻、たった八人だけが生き残った。

宇宙人の医者は、妻たちが妊娠すると、催眠状態にした上で、卵子に遺伝子操作を施した。長寿に関わる情報をもった遺伝子を切り離し、ジャンク化して、寿命を百二十年に縮めたのである。それ以来、地球人の寿命は、どんなに長くても百二十歳までとなった。

——前書きが長くなってしまった。じつは東京へ出てきたばかりの頃に出会った、宇宙人の話がしたかっただけなのである。

ぼくは上京してすぐに、国立市の不動産屋を歩きまわり、西一丁目に「福寿荘」というアパートの一室を借りた。六畳一間に半畳の台所、トイレは共同、風呂はなしだった。が、風呂も食堂も、近くの富士見通りにあって、不便なことは何もなかった。

食事は「丸吉」という中華食堂へ行って摂った。十人も入れば、満員になるという小さな食堂だ。夕方になると、そこで野菜炒め定食を食べた。時には肉ピーマン定食や、レバニラ炒め定食にすることもあったが、たいていは野菜炒め定食であった。

近所に郵政大学があって、研修にやってきた郵便局員たちで、丸吉食堂はいつも満員であった。彼らはビールを飲みながら、田舎言葉で談笑する。うるさいのであった。でも、天下の郵政族だから、我慢しなければならなかった。

定食を食べながら、新聞を読み、テレビに目をやる。忙しくしてないと、田舎言葉の大声に圧倒されてしまうからだ。

そんなある日、いつもの定食を食べていると、小さなテーブルの前に、外国人の女性が立った。

「オーケイ?」(相席で、いいですか?)と聞いているのだ。

「あ、はい。オーケイ」と答えて、新聞を引っこめた。二十代の白人女性であった。野菜炒めの皿も引きよせて、彼女のために空間をつくってあげた。

(こんな安っぽい中華食堂に、白人が入ってくるのは、珍しいことだ)と思った。

二人がけの席の、すぐ目の前だ。一メートルと離れていない。ぎこちなくなって、急いでメシを掻きこんだ。新聞にも見入ったりして、無関心を装った。彼女はバッグから雑誌をとり出して、読みはじめた。

（注文はしたのだろうか？　何を注文したんだろう）と思った。ただ、そこにすわっているだけかも知れなかった。ぼくは食べおわって、ポケットから財布を出しながら、彼女の雑誌をちらっと見た。その表紙は『HOME GARDENING』というのであった。

そそくさと食堂を出た。だが、あの表紙が気になった。それは家の庭、家庭に関係していたからだ。

（ホーム・ガーデニングか。あー、ぼくは家庭を壊してしまった）とつぶやいた。

（こっちは家庭を壊したばかりだというのに、目の前であんな雑誌を読んでいるんだもんな。庭の手入れたって、もう、家も庭もないよ）

（アパート暮らしの人間に、庭の手入れなんて、夢みたいな話。手を入れて直そうにも、それはもうない。…でも不思議だな。あんな大衆食堂に白人の、しかも若い女が入ってきて、当てつけがましくも、ホーム・ガーデニングについて読んでいるなんて…）

（宇宙人じゃない、よな？　まさか、そんなことはないだろう。それともそうなのか？　注文もしないで、幽霊みたいにすわったきりで…。あんな食堂に入ってきて…）

（家庭の手入れくらいはやりなさいよと、教えていたのだろうか？　それを教えるために、わざわざ宇宙から？　もっとも彼らにとっては、地球はガーデンみたいなものだから…）

そういうわけで、ぼくは悲嘆した。周囲のすべての人がぼくに無関心なのに、宇宙人だけは関心をよせてくれている、と、そう思ったら、却《かえ》って悲しくなったのだ。

宇宙人の文明度は、地球人のはるか先を行っている。地球人は十八世紀になって、ようやっと蒸気機関を得て、産業革命に突入した。その文明度はたかだか三百年である。宇宙人が何億年も前から地球に飛来していたことを思うと、雲泥の差であろう。

二千年前、処女マリアに人工受精を施して、妊娠させることだって可能だった。

「処女が妊娠するはずがない。許婚《いいなずけ》のヨゼフに隠れて、誰かと密通したんだろう」と勘ぐるには及ばない。人工受精は現代の地球人にも可能になっている。だが、宇宙人には何億年も前から可能だったのだ。

創世記などの『律法五書《トーラー》』は、モーゼが書いたといわれている。宇宙人はその文書にコンピュータでしか解読できない預言を、暗号化して組みこんでおいたようだ。それが『聖書の暗号』（新潮社　マイケル・ドロズニン著）だ。［ニューヨーク／ミサイルの火で／２００４］という預言も、そこに載っている。

三百年前のパリ人に馬なしで走る車のことを話すと、頭から疑ったに違いない。

「車だけで走れるわけないだろう。とんまなことをいうな！」と。

携帯電話で、遠いところにいる人と話ができる、といっても信じなかったろう。

「空気のなかを喉と声だけが飛ぶというのか？　そんなバカな！」と否定する。

それは現在の地球人と、宇宙人にも当てはまることである。

○ 永久機関

もしも地球人が生協主義を受け入れてくれるならば、宇宙人から『永久機関のつくり方』という褒美が贈られる。その原理構造図は、付録として『現代の神話』シリーズの七冊目に入っている。

永久機関によって、エネルギー問題は解決するであろう。だから油田を奪うため、他国に侵入するという暴挙も意味を失う。小泉は尻馬に乗ってブッシュの暴挙を容認したが、それも無意味となるだろう。

黙示録には、終末時代を代表する四つの生き物のことが出ている。
《第一の生き物は獅子のようであり、第二の生き物は雄牛のようであり、第三の生き物は人のような顔をしており、第四の生き物は飛ぶ鷲のようであった》

獅子とはイギリスで、雄牛とはスペインである。人面の生き物とは日本で、鷲とはアメリカのことだ。アメリカのロックフェラーは、石油資源を掌握したいとやっきになっている。それをバックアップしているのがイギリスのロスチャイルドで、日本の三菱も分け前に与《あずか》ろうと、後押しをしている。そのために自衛隊派遣を小泉に進言したのかもしれない。

失業と困窮によって、イラク国民の反米英感情は高まり、イスラム過激派の反撃は、いつまでも続くことになろう。

《そして底知れぬ所の穴が開かれた。するとその穴から煙が、大きな炉の煙のように立ちのぼり、その煙で太陽も空気も暗くなった。煙の中からイナゴが地上に出てきた。地のサソリが持っているような力が、彼らに与えられた。彼らは地のすべての草、また、すべての木を損なってはならないが、額に神の印がない人たちには、害を与えてもよいと言い渡された》

イナゴとはイスラム過激派のことである。国土を侵害する者への抵抗をテロと呼ぶべきではない。イラクでは夏には炎暑となって、ユーフラテス河の水は涸《か》れるであろう。

《第六の者が、その鉢を大ユーフラテス川に傾けた。するとその水は、日の出る方からくる王たちに対し、道を備えるために涸れてしまった》

いずれにしてもイラク戦争は、簡単にはおわらない。むしろ底知れぬ穴を開いたことによって、地獄的な様相を呈することになろう。オペック諸国はオイルマネーをニューヨーク市場から引き上げ、EU市場へと移すであろう。するとニューヨークの株と為替は大暴落する。基軸通貨としてのドルの役割はおわり、それがアメリカ経済の破綻、あるいは経済的沈滞を招くことになろう。

そんな時に永久機関が現れると、どうなるであろうか。致命傷的な打撃を受けることになるに違いない。ダニエル預言には、そのことがこう書いてある。

《王は夢を見て、そのために思い悩み、眠ることもできなくなった。そこで魔術師や占い師や妖術使いを集めさせ、その夢を解かせようとした。（中略）だが、その解き明かしができる者は誰もいなかった。ただ、虜囚のダニエルだけが、神の教えを受けて、解き明かすことができた。王はダニエルにいった。

「お前はわたしが見た夢を知らせ、それを説明することができるのか？」

ダニエルは王に語っていった。

「王よ、あなたが見た夢は、神がおわりの日に起こることをお知らせになったのです。あなたが眺めている所に、一つの大いなる像が立っているのが見られました。その像は大きく、非常に光り輝いて、恐ろしい外観を持っていました。像の頭は金、胸と腕は銀、腹と腿は銅、脛《すね》は鉄、足は一部が鉄で一部は土でした。あなたが見ておられると、突然、一つの石が人手を借りずに、ある山から離れて、像の鉄と土の足を打ち、それを粉々にしてしまいました。するとまたたく間に、土と鉄と銅と銀と金が、夏の麦打ち場のもみ殻のように、風に吹きはらわれて、跡形もなくなってしまいました。そして像を打った石は、大きな山のように全地を満たしました》

ここでの王とは、末世のバビロン王のこと。また、大いなる像とは、超大国のアメリカを指すのである。それが現代に甦ったバビロン国だからだ。しかしこの国には弱点がある。それは白人と黒人、あるいは大金持ちと貧乏人の混在で、鉄と土が融合しないのと同じく、アメリカ国民は融和しないのである。

さて、そこへ石が転がってきて足に当たると、像は粉々に砕けてしまった。石とは磁石のことである。永久機関は磁石を使った電磁エネルギー発生装置だ。磁石とは磁気エネルギーが貯蔵された石でもある。アメリカの闇の権力者は、石油さえ掌握しておれば、覇権は揺るぎないと思っているであろうが、それは磁石の石に打たれて粉砕され、これまでの戦略もすべて徒労に帰するであろう。

永久機関は女性たちの政治運動と共に、世界中に広がり、応用され、いっぱいに満ちるようになるであろう。それが新しい世界の展望である。永久機関を得てすぐに、宇宙時代への突入もはじまるであろう。

——夢について——

○ 超現実

人は誰だって、寝ている間に夢を見る。夢を見ている時、まぶたがピクピク動いて、眼球運動があることを示す。それを［レム睡眠］という。そのレム睡眠時に揺りおこすと、夢を見ていたことをちゃんと認める。「夢など見ない」という人にも、レム睡眠はあって、夢を見ているのである。ただ、夢の内容を記憶していないだけのことだ。稼ぐのに余念がなく、仕事が忙しいから、夢なんぞ見ていられないと、そんな気持ちも手伝ってすぐに忘れてしまうのであろう。

ぼくはこれまで、たくさんの夢を見て、それを記録してきた。

「夢を記録？　なぜ、そんなつまらんことをするのか？」という人がいた。

「夢を見て何になる? メシを食う夢を見たからといって、腹がふくれるか?」

「わしも夢は見たことがある。でもいっとくが、夢は荒唐無稽だよ。何の意味もない」

「夢の狂《ふ》れ者《もん》というてな、夢の中じゃ、みんな狂うとる。マジで相手にしてはダメ」

夢を記録していることを話すと、いろんな人にそんなことをいわれた。

まあ、それらの意見にも一理はあるだろう。

たしかに夢の中では、奇妙なことがいっぱいあった。蛇が竜になったり、ペット犬が赤ちゃんになったり。そんな変身変容はざらであった。この世ではあり得ないことが、あの世ではあり得たのだ。

「夢の影像は集合的無意識から送られてくる情報である」とユングは書いている。

テレビ映像も放送局から送られてくる情報だ。そうであれば、夢をテレビ映画に当てはめて考えてみよう。するとどうなるであろうか。

「映画を記録する？　なぜ、そんなつまらんことをするのか？」

「映画を見て何になる？　メシを食う映画を見たからといって、腹がふくれるか？」

「わしも映画は見たことがある。でもいっとくが、映画は荒唐無稽だよ。何の意味もない」

「映画の狂れ者というてな。映画の中じゃ、みんな狂うとる。真面目に相手してはダメ」

置きかえるとそうなる。そしてそんな見解が、とても乱暴であることがよくわかる。

映画はつまらないだろうか。たしかにつまらない映画もありはするが、でも、すべての映画がつまらないわけじゃない。それどころか、すばらしい映画だってあるのだ。それに、共感できて、感動的な映画を見ると、心の糧にもなる。

メシを食う映画を見たからといって、自分の腹がふくれるか、という者は文化を知らない野蛮人といってよい。映画は荒唐無稽と断ずる者は、たまたまそんな映画を見てしまったに過ぎない。そんな断定をして、いっさい映画を見ないとしたら、やがては粗暴な無頼漢となるであろう。映画は自分の好みでえらび、観賞すべきものではないのか。

戦争映画のヒーローは、弾雨の中でも死なない。普通は死ぬはずなのに、だ。それに対して「嘘っぱちじゃないか！」と怒るとしたら、それもまた、どうかと思う。そんな約束になっているのを弁《わきま》えていないからだ。それが創作というものなのだ。

さて、夢と映画を照らしあわせて考えてみたが、映画は創作であっても、夢は創作ではない。夢はまさに心理的時空間における霊魂の現実なのである。

「夢の中では夢こそが現実である」とユングは書いている。だから夢見者にとって、それはもう一つの現実なのである。現実を超えた現実、超現実なのだ。あるいはそれをあの世といってもよい。または精神世界と呼んでもいいだろう。

さあ、そうなると徒《あだ》やおろそかにはできなくなる。そこは心の世界でもあるからだ。

心の時代といわれて久しい。心豊かな人になりたいと誰もが望んでいる。それならば心の世界である夢は、どう扱われているのか、というと、お寒いかぎりである。先にも述べたように、乱暴な発言をする者があまりに多い。ピントはずれの断定をする者もいる。

そう、夢は霊魂が集合した心理的時空間における現実、その境涯からの情報なのである。

ぼくはその情報を一九七二年から記録しはじめた。三十年以上も前のことである。

じつにさまざまな情報があった。それはたいていが無明の境涯からの情報で、ぼくは憂鬱のあまり、ついには精神異常にもなりかけた。

しかしぼくには神がいた。父や母、兄や姉がいて、祈りさえすれば、光明にみちた夢の世界がひらけた。それによって健常さをとりもどすことができたのである。そして光明の世界と無明の境涯をいったりきたりして、その差異と意味を考えつづけた。夢を見ては記録し、洞察しつづけてきたのだ。

ぼくはその成果を現代の神話物語にし、シリーズものとして発表することにした。それは心の時代に相応《ふさわ》しい物語になっていると思う。すべて夢の記録を材料にして、綴りあわせた物語である。しかも太陽の神が登場するので、光明にみちた神話になっている。無明の境涯から脱するには、どうしても太陽の神が必要なのだ。

神話の中では、竜や蛇、獅子や虎なども登場する。それらは比喩象徴であると同時に、心理的時空間における実在でもある。竜とは資本主義のことで、獅子や虎は戦闘の獣のことだ。ぼくは夢の中で、竜や獣と闘った。それと闘って打ち滅ぼすのは、真理の光にみちた世界を創造するために必定であった。

○ 星雲

ぼくの右目には星がある。十歳の頃にケガをして、目に白い星が入った。右目に視力はない。この目のために、青年になっても満足な恋愛ができなかったものだ。

「目は口ほどにものをいい」という諺がある。だが、ぼくは恋人を見つめることができなかった。目にものをいわせることができなかったのだ。だから諦めて、女には目もくれないできた。

そんなぼくが結婚できたのは、奇跡に近いといってよいだろう。元妻は目のことなぞ、気にもとめないでくれた。結婚したのは三十九歳（一九七七年）になってからのことだった。

元妻は二十七歳。若くて魅力があった。年齢《とし》は十二歳もはなれていた。わるいことの裏には、よいことがあるものだ。この目のせいで、思春期の頃から自分に引きこもって、哲学することができたのだった。そうでなかったら、みなが並に恋愛をし、人並に結婚して、普通の生活をしていたことであろう。

よいことはまだ他にもあった。引っこみ思案だから、たえず空想や夢想にふけって、想像力の中枢を鍛えることができた。そして鍛えられた想像力は、創造力につながった。ぼくは作家になることができた。右目の星のおかげである。

想像力はぼくの哲学にも大いに役立った。たとえば自分の目を、電子顕微鏡の百万倍の拡大能力をもった目として、仮想することも可能なのだ。そのような目で物体を見つめると、それはどうなるであろうか。自分の肉体をふくめて、すべての物体を拡大して見つめると、それらはどんなふうになるであろうか。

すべてはミクロ宇宙《コスモス》の星雲になるのである。外にはマクロ宇宙《コスモス》の星雲があり、内にはミクロ宇宙の星雲があった。それが外宇宙と内宇宙であった。星のある目で、その内宇宙のミクロな星雲を見つめるのは、楽しいことでもあり、恐ろしいことでもあった。

楽しいというのは、天体観測が楽しいというのと同じである。誰にとっても夜空の星をながめて、遠い天体に想いを馳せるのは、楽しいことではなかろうか。それには世俗の煩わしさを忘れさせてくれる、という効能もある。あの星には宇宙人たちが住んでいて、地球人たちの十万年先の文明を生きている、と想像するのは楽しいことだった。そのような文明人は、きっと神々のようになっていることであろう、と想像できた。

恐ろしいというのは、自分がどこに存在するのか見当もつかなくなるという、そのことであった。自分の肉体を拡大してしまったのだから、自分という実体がわからなくなってしまうのは、当然といえば当然のことだった。

自他の区別もなくなった。ただ、こちらの分子星雲とあちらの分子星雲、この原子惑星系とあの原子惑星系、この天体とあの天体という区別があるきりだった。それはそれでまだよかった。何より恐ろしかったのは、実体がなければ意志の疎通や感情の交流がなされ得ないのでは？　と思った時であった。第一、実体がなければ、疎通や交流が成り立つはずもないではないか。そうしたら感情そのものが消滅してしまう。それを想って、恐怖のあまり震えてしまった。そこでぼくは父なる神を呼んだ。

こういう時にこそ神の助けが必要なのだ。

「父よ。恐ろしい境地に踏みこんでしまいました。すぐにきて、助けてください！」

父は一瞬にして現れた。ミクロ宇宙では、空間が狭く小さいから時間はかからない。

「どうした？　何が恐ろしい？　幽霊はどこにもいないぞ」と父はいった。

ぼくは安堵した。とにかくどこにいようと、意志の疎通や、感情の交流がありさえすれば、それで安心だからである。その唯一の相手が父という実体であった。

父は恒星のように光と熱を放っていた。その光によってぼくは明るくなり、その熱によって、安堵の感情がわいてきた。それに感情というのは、熱愛エネルギーに共振し、共鳴することによって発生する、ということもわかってきた。

「エネルギーと振動周波数は同じである。お前は量子のような小さな存在だが、エネルギーであることに間違いない」

「エネルギーと振動周波数はイコール？」

「その通り。そしてエネルギーは不滅だ。お前はあの星から、この星へと移ってきた」

「何も憶えてない」

「それでよい。心も魂も霊も永遠だ。過去から未来へと転生しつづける。

だからこまごまとしたことは、憶えておく必要がない。前の星で、どんな生活活動をしていたかなどと、いちいち憶えていられるか？」

「うーむ」

「大事なのは、自分もまたエネルギーであり、振動周波数をもつ存在であるということ。それだけを憶えておれば、それで充分なのだ。さあ、お前が住んでいる家へ帰るぞ」

そして量子飛躍《クオンタム・ジャンプ》して、自分の部屋へともどってきた。

じつに肉体はミクロ宇宙の星雲であり、天体の球体であった。また、それは地球上の市井でもあり、市井のなかの建物《アパート》でもあり、アパートの一角の部屋でもあった。

人に想像力があるなら、それをその通りのものとして、確認することができる。

○　パンゲア

タバコの煙で、ヤニ色になった天井。茶色に染まった窓ガラス。

一日中、机の前にすわって、読んだり書いたりしていると、退屈のあまり、タバコを吸うのである。ほとんど無意識のうちに、手をのばしてタバコをくわえ、火をつける。時には、くわえタバコに気づかず、もう一本を口にもっていって、アチチッと叫んでしまう。

「バカだな、バカだな。タバコはすでに、くわえているというのによ！」

「いいじゃないか。空《そら》に浮遊《ふゆう》する人は、いつも無意識を生きているんだから」

一人二役の対話も、年季が入ってくると、なかなかのものである。心は光の子、体は闇の子となって、葛藤相克を演じることだってやる。

「肺どころか、腹までもまっ黒にして、死んじまえ！」

「お前こそ。人を呪わば穴ふたつ！」

すべては空想である。いや、空想というよりも夢想である。そして空想や夢想によって、想像力の中枢は鍛えられる。それが創造の源。泉のようにわき出す想像に、真理の光をあてて照らし、それが正当なものであれば、創造のための材料となるからである。

そんな想像力の中枢には、いろんな人物を登場させて、活劇を演じさせることもできる。回想によって過去の人物を呼び出したり、想起によって未来の宇宙人を呼びこむことができる。他にも構想、着想、発想、瞑想、理想と、鍛錬された想像力の使い方は、いろいろである。想像力は創造力に連動していることを忘れてはならない。

さて、上の空で無意識を生きる浮遊人のぼくは、自分の部屋にいながら、はるか遠い別の場所、別の精神大地を彷徨《さまよ》いあるく。

最近、『宇宙人の魂をもつ人々』という本を読んで、すっかりその気になってしまったこともあって、しきりに迷い出るのだ。

著者のスコット・マンデルカー博士によると、彷徨者《ワンダラー》とは、「宇宙人の魂が、地球人の両親のもとに生まれてきた場合」をいうらしい。そのような人は、幼少の頃から周囲に違和感をもち、どこか遠い、別の場所のことを話すという。「宇宙的な体験話」をし、「本当のわたしは、もっとずっと大きな存在なの」と言明するようだ。つまりET人格である。

末尾の付録には「ET度自己診断テスト」があった。やってみると、ぼくはまさに彷徨者であった。これで自分の浮遊感も放浪癖も、すべてうまく説明できるのである。その気になったとしても無理はなかった。思いあたるフシがいっぱいあった。

想像力がありすぎると、浮遊人となって彷徨うだけではない。その中枢には、他者の想念も飛びこんでくるのだ。テレビの受像とおなじで、よく夢テレビを見るのである。

いつだかの夢では、大陸の地図を見たのだった。地図はアメリカ国防省の、レーダー防衛網スクリーンのように、大きいのだった。そこにはたった一つの大陸が映っていた。大陸の他は、すべて大洋であった。しかも大陸には、九つの都市のマークが付いていて、それぞれの国の首都となっていた。

夢からさめて思ったものだ。

（なんだろう？　あの巨大な地図は…。どこの地図だろう？）

すると［パンゲア］という名称が頭に浮かんだ。声が聞こえたような気もした。

で、さっそく国語大辞典を引いてみた。

【パンゲア】約三億年前、大陸移動がおこる前に、現在の大陸が巨大な一つの塊であったと想定される大陸の名称、と書かれていた。

（三億年前だって？　その頃、人間は生存していただろうか？　それとも、すでに宇宙人がやってきていた、ということか）

(これまでの学説とはまったく違う。三億年前は、まだ恐竜もいなかったはず。なのに九つの都市があったという。どっちが正しいんだろう)と戸惑ってしまった。

タバコをくゆらしながら、ぼんやりと考える。いや、ぼんやりと考えているうちに、タバコをくゆらせているのである。

○太陽神

人間の心にとって、何より大切なのは、太陽神である。

太陽については、それは大空にあるから、知らない人はいない。地球の上空にあって、物理的に光と熱を放射している。そこまでは誰もが知っている。それが物理的時空間の太陽である。人間はそのように太陽から光熱エネルギーの恩恵を受けて生きている。

ところが、心理的時空間という精神世界がある。心霊としての存在が、その精神世界の土壌に立って、ふっと天を見あげたら太陽が存在しない、としたら?

神の存在を認識している者にとっては、その天に太陽は存在するが、逆に、神の存在を認識していない者にとっては、その天に太陽は存在しないということの、その実例なのである。これは認識論に関わる問題なので、ちょっとややこしい。

簡単にいえば「認める、認めない」ということについての問題だ。

「わたしが月を見て、それはそこに存在すると認識した時、それはたしかにそこに存在する」ということはできる。が、しかし逆に、それは次のようなことにもなってしまう。

「もし、わたしがそれを見もせず認識もしなかったら、わたしにとってそれは、どこにも存在しない」

それを端折《はしょ》って、次のように表現すると、さらに問題がややこしくなる。

「わたしが月を見てない時、月は存在しないといえるか?」

そこでは「認識する、しない」という言葉を省略しているから、ややこしいのだ。

犬や猫に認識論はわからない。また、神についての認識をもたない者、頑《かたく》なにその存在を否定する者に、認識論はさっぱりわからない。それと同様なことが、実例として、心理的時空間ではおきるのだ。

認識論がわからない人間を、ヒト科動物という。いまだ心ない存在だからである。

もっといえば、神の存在を認めることができてはじめて、心としても存在することができるのである。というのは、神もまた、心の存在を認知し、認識し返してくれて、そこに親と子、育てる者と育てられる者の関係性が生じるからである。

心理学的には、「神々=太陽=天国」、「真=光=理」、「愛=エネルギー=

熱」と相似するのである。そのことを心理学者ユングは「相応関連《プシコイド》」と名付けた。つまり、太陽には神の国という意味があり、光には真理という意味があり、熱には愛という意味があるということだ。それを意味イデアという。精神世界には意味イデアが満ち満ちているのである。もちろん心も魂も霊も、その中に存在しつつ活動している。そういうわけで、太陽神は心にとって、何より大切なのである。

それについては『ダチョウは駄鳥!?』（現代の神話シリーズ1）に「九段論法による神の証明」が載っている。また、「相応関連」については、『かつてぼくは羊だった』（現代の神話シリーズ2）のなかに「七象の相応関連表」と「十物の相応関連表」が載っている。

○　真理

人類がめざすべきものは何か？　太陽の子？　あるいは太陽人？　それとも宇宙？　あるいは宇宙人？　ぼくは暇だから、そんなラチのないことまで考えてしまう。

太陽の子とは、太陽神の下で熱＝愛＝エネルギーの法則を尊んで生きている人々のことである。政治にも経済にも、社会にも教育にも、熱愛エネルギーの法則性が浸透し、全体が共鳴作用によって協調しているならば、その時、同調律が働いて、越えられないはずの因果律の壁も、簡単に越えてしまえるのである。それが太陽の子たちの活動だ。

なぜなら、熱愛エネルギーの源は太陽神だからだ。人類が太陽神を中心に、公転運動＝公共活動をして生きる時、みんな太陽の子＝太陽人になるのである。また、太陽は神の国、天国のことでもあるから、神の子にもなるであろう。

宇宙人とは、宇宙航行が可能な飛行体を開発して、他の惑星にまで探索の手をのばすことができる、高度な科学文明を築いた知的存在のことである。地球人がそのような科学文明を築くためには、自らの動物性を自治・統治して、心霊性を高めなくてはならない。そこまで到達して初めて、神は宇宙開発のためのアイディアを与えたまう。

動物性を生きているかぎり、永久機関や反重力装置のアイディアは与えられない。なぜなら、それを軍事利用して、もっとひどい戦闘や、より以上の圧政がなされるかも知れないからである。神は鬼に金棒を与えるようなことはなさらない。人類の知的発達の度合いを配慮して、コントロールしているのである。

そういうわけで、人類はまず、宇宙の普遍的法則である熱愛エネルギーを尊んで、太陽の子＝太陽人とならなければならない。その後で神や宇宙人から、アイディアをもらって永久機関を開発し、反重力装置による空飛ぶ円盤を開発し、さらに母船を建造し、そして宇宙へ飛び出していく。正しい順序として、そんなふうになるであろう。この順序を踏まなくては、神の加護も宇宙人の知恵も、決して与えられない。

しかし、残念ながら人類は、竜に媚びへつらうメディアによって呪縛されている。張りめぐらされた煙幕の中で、すべてのことが五里霧中のまま、マスコミの言説を盲信している。現に、マスコミ人は資本主義を悪とは見ていない。あるいは必要悪だと思っている。だからその悪を暴きたてるようなことはしない。ゆえに誰も神の真理を知らない。善悪の判断基準もないに等しく、それを感情的な好き嫌いにおいている。

真理とは、太陽神が発する熱愛エネルギーの法則を尊んで生きることである。神もそれに従うよう望んでおられる。善と悪、真実と虚偽の判断基準もそこにおくべきである。熱愛エネルギーの法則に適合しているのが善であり、真実である。適合しないのが悪であり、虚偽である。この判断基準をしっかりもっていないと、悪魔の言動にまんまとひっかけられてしまう。真理の光の下でこそ、正邪、善悪、真偽の識別ができるのであって、暗闇の中では無理なのだ。それを無明というのではなかったか。

ニューヨークの悪魔が滅ぶと同時に、東京からは生協主義の産声があがる。それが女性たちによる政治運動で、彼女たちは女性だけの政党を創り、各選挙区に候補者を擁立して、華々しく選挙戦を戦う。目標はただ一つ、［男女議席半数法］を可決成立させること。それは多数決の原理によって成立するであろう。その他の五つの法律も、女性議員たちの手によって可決成立するであろう。

その時、良識あるマスメディアの人々は、大いに支援していただきたいものだ。宇宙時代に向かって発展していくためである。公安警察の方々も、悪魔の手先になっていないで、彼女たちを保護していただきたい。資本主義が滅びると自分たちも滅びる、などと思わないことである。じつは天皇が斎主となっているアマテラス太陽神も、乗り気になっておられる。それをどうか知っておいてほしいと思う。

日本の神は、夢の中に二度も現れて、こう仰せられたのだ。

「わたしはわが子をこちらへ引きよせたい」と。

「伊勢から那覇へと飛び、オーストラリアを経て、グルッと回って和をつくりたい」と。

アマテラス神は、太陽の金色界にある精極城《さごくしろ》に住んでおられる。だが、安閑としていられなくなって、活動を開始することになった。日本は神国である。神気が意識大気の中を動いて神風となり、その中で日本人の心や魂は共振共鳴して、あっという間に大事《おおごと》をなし遂げてしまう。エネルギー波動によって、同調律の奇跡がおきるのである。そこにヤハウエ神も期待しておられるのだろう。

あとがき

自分の作品を、そっくりそのまま認めてくれる編集者を見つけることは、ぼくにとっていちばん大事なことであった。

（いったい、この世の中に、そんな編集者がいるのか？　どこにいるのか？　いつになったらめぐり会えるのか？）と、いつも思っていた。祈るような気持ちで、そう思っていた。

ところが思わぬことから、よい編集者にめぐり会えたのである。

そのきっかけが『ニラサワさん。』という本であった。

〈〝火星人の住民票を持つ男〟いわく、「…だから人類は月へ行くことができなくなったんですよ」〉と帯に書いてあった。

（えー、火星人の住民票を持つ男？）とびっくりした。で、プロフィールを読んでみた。

［金星からやってきたイエス・キリストの誕生から数えて１９４５年後、太陽系第三惑星の日本国新潟県に生まれる。なぜか法政大学出身。学生時代から、ＵＦＯ研究会を組織してブイブイならす。１９９５年、いきなり「ＵＦＯ党」から参議院に立候補。進化の遅れた地球人に、その崇高な目的が伝わらなかったのか、落選。現在、たま出版社長。40年にわたるフィールドワークと研究をもとに、テレビや雑誌で活躍中。２０００年、『ＴＶタックル』総出演者１８００人の中からグランプリに輝き、「たけしオスカー賞」を獲得。その授与にどんな意味が隠されていたのかは、いまだにナゾである」

（あれまー、この人は面白い人だぞ。四十年にわたるＵＦＯ研究者だって？　ほっほー、しかも出版社の社長だー）と思った。

宇宙人やＵＦＯのことに関して、ぼくも興味があって、これまでいろいろと読んでいた。もちろんニューエイジの本とか精神世界の本も、数知れず読んでいた。だからこの本に期待をもった。たしかに面白い本であった。ユーモアもあって、ニコニコしながら、快調に読みすすめることができる。本を読まなくなった若者たちに、うってつけの入門書だ。さり気なく軽い調子で書いてはいるが、じつは重い主題をとり扱っていて、ためになった。快調に読ませる、というのも洗練であろう。

さっそく、出版社宛に書きためておいた原稿を送った。三日と待たずに電話がきた。

「大変面白いですよ。出版の打ち合わせをしたいので、そちらへ伺いたい」という。

(あいな、あんな作品が出版できるなんて、夢みたいな話だ。あー神さま、感謝します。天の万軍の宇宙人にも感謝！　今度こそ削除なしで、出版できそうです)

これまでずいぶんと痛めつけられてきただけに、嬉しさもひとしおというもの。

六畳間の狭いアパート部屋に、中村利男専務と湯治泉編集員の訪問をうけた。

全部で七冊分の原稿があること。シリーズものにしたいと思っていること。反動的な観念を書きつらねているので、拒絶されてきたこと。文芸誌に載せてくれる場合でも、大幅に削除されることなど、ぼくの事情を告白した。

出版社側は、一冊目を出して好評だったら『現代の神話』シリーズとして出していきたいとのことだったが、その「序編」として、これまでの精神の遍歴をエッセイ風に書き下ろしてくれないかと頼んできた。

こうして、この作品『貧の達人』を書くことになったのである。

《捨てる神あれば拾う神あり》

中村専務と湯治編集員、そして何より出会いのきっかけとなった社長の韮澤潤一郎氏に、心から感謝している。

東　峰夫（ひがし　みねお）

一九三八年生まれ。沖縄県コザ市（現・沖縄市）出身。コザ高校中退後、嘉手納米軍基地労働者となる。六四年、上京。日雇い労務によって生計を立てながら、小説を執筆。七一年、『オキナワの少年』が文学界新人賞となり、翌年、同作品で第六十六回芥川賞を受賞。七七年結婚。八一年、沖縄に帰郷するも作品が書けず、八四年、妻子を残して再び上京。以来、国立市周辺のアパートを転々としながら、ガードマン、日雇い労働者によって生計を立て、小説を書き続けるも、バブルがはじけてからは、仕事を見つけることができず、一時期、浮浪者同然の生活となる。ただ、その間も文学者としての思索及び執筆を続け、今日に至る。

貧の達人

二〇〇四年七月二十一日　初版第一刷発行

著　者　東　峰夫
発行者　韮澤潤一郎
発行所　株式会社たま出版
〒160-0004　東京都新宿区四谷四－二十八－二十
電話　〇三－五三六九－三〇五一（代表）
http://www.tamabook.com
振替　〇〇一三〇－五－九四八〇四

印刷所－図書印刷株式会社

ISBN4-8127-0175-9　C0095